와카코와 술

4

Chie Shinkyu
Presents

신큐 치에

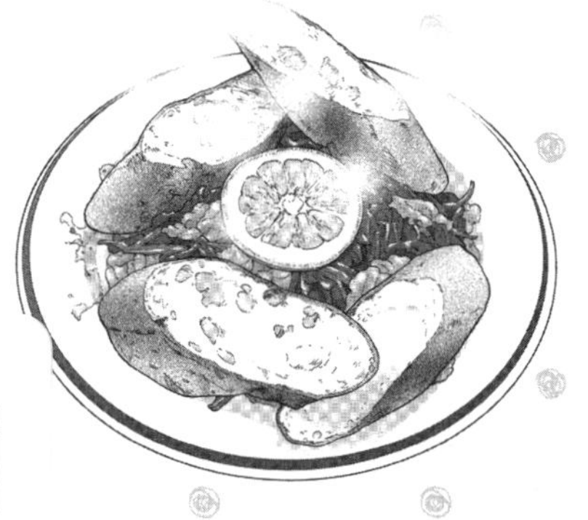

메뉴

85야 옥수수 튀김 ○四一
84야 오징어다리 튀김 ○三七
83야 크림치즈 된장절임 ○三三
82야 헤시코 ○二五
81야 돼지가쿠니 ○二一
80야 고기두부 ○一五
79야 삼치사이쿄구이 ○○九
78야 오징어내장구이 ○五

94야 고기감자조림 ○九五
93야 돼지김치볶음 ○九一
92야 핫도그 ○七五
91야 고래베이컨 ○七一
90야 훈제메추라기알 ○六五
89야 소심장회 ○六一
88야 모로큐 ○五七
87야 성게크레송 ○四九
86야 참치캔마요네즈구이 ○四五

특별비밀메뉴

SP.1 후배의 우울　〇八一
SP.2 집에서 술2　一四三

95야　허야얏코(냉두부)　一〇一
96야　달걀프라이　一〇五
97야　소시지　一一一
98야　햄버그　一一七
99야　두꺼운 베이컨　一二三
100야　참치 야마카케　一二七
101야　멍게젓갈　一三一
102야　도빈무시　一三五
103야　방어가마구이　一三九

느긋하게 즐겨주세요.

와카코와 술

뭘 먹을까?
78야 오징어 내장 구이
메뉴
추천
오징어 내장 구이
시이익
메뉴를 보고 결정하는 날
오늘은 아무것도 결정하지 않은 날.
점원이 추천해 준 술은
쪼로록
내장 계열 메뉴는 뭐가 됐든 술꾼의 마음을 자극한다.

미리
먹고 싶은 음식과
마시고 싶은 술을
정해 가는 날도
있지만

매우 쌉쌀한 찬술.

오징어 내장 구이입니다~.

확실히 쌉쌀하기는 하지만 술술 잘 넘어간다.
응 응

그리고 짜고 비릿한 음식이 먹고 싶어지는 맛.

후끈

내장을 포일에 싸서 내놓았다는 것은….

이 오이에 발라 먹는 거구나.
이거야 이거

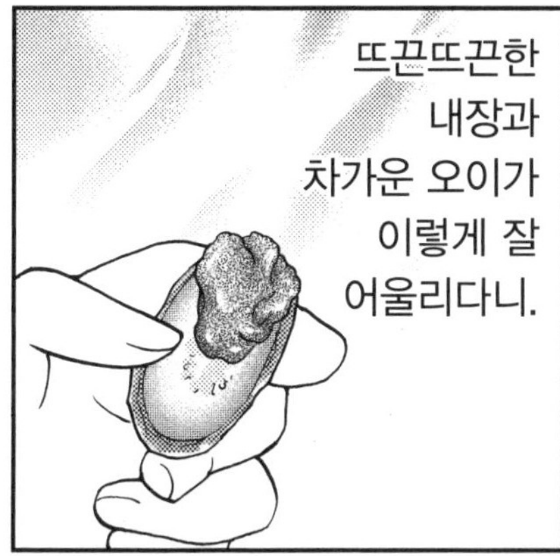
뜨끈뜨끈한 내장과 차가운 오이가 이렇게 잘 어울리다니.

바다 내음

역시 따뜻하구나.

와~, 이걸 다 먹어도 되는 거구나.
어깨가 들썩거려
포일에 가득 들어찬 내장

끝내주게 맛있어!

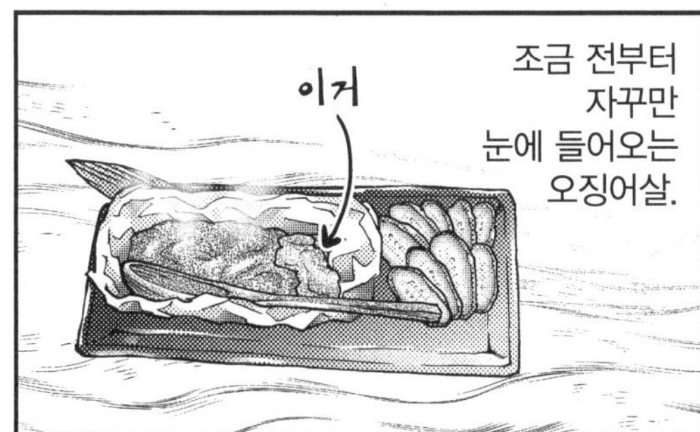

이거
조금 전부터 자꾸만 눈에 들어오는 오징어살.

찔끔찔끔 먹고 있는 가운데

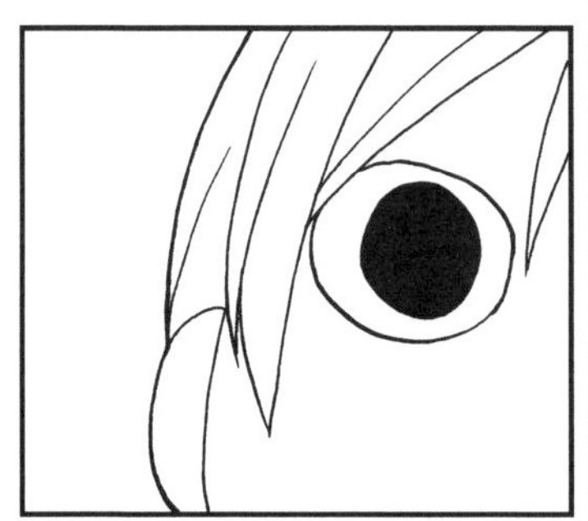

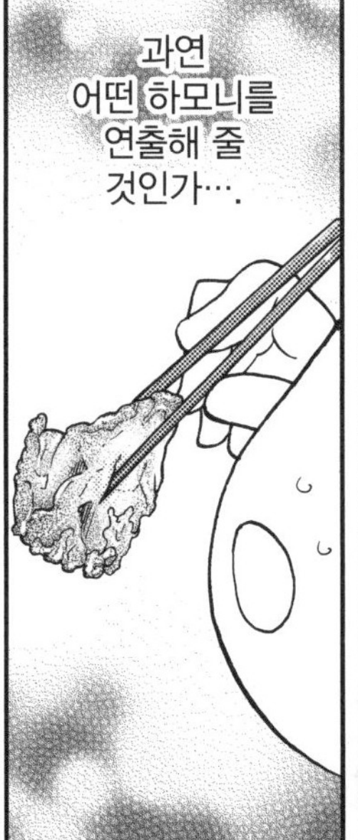

과연 어떤 하모니를 연출해 줄 것인가….

내장에 둘러싸여

맛있어서 몸이 떨릴 정도야.
푸슈~~~~

같은 걸로

새로운 메뉴를 찾아보는 것도 즐거움 중 하나.

미리 메뉴를 정해 가도 좋지만
메뉴
회
3종 모듬회
5종 모듬회
참치

*사이쿄 구이(西京焼き): 사이쿄 된장(교토에서 만들어진 달콤한 된장)으로 생선 토막을 절여 구운 요리.

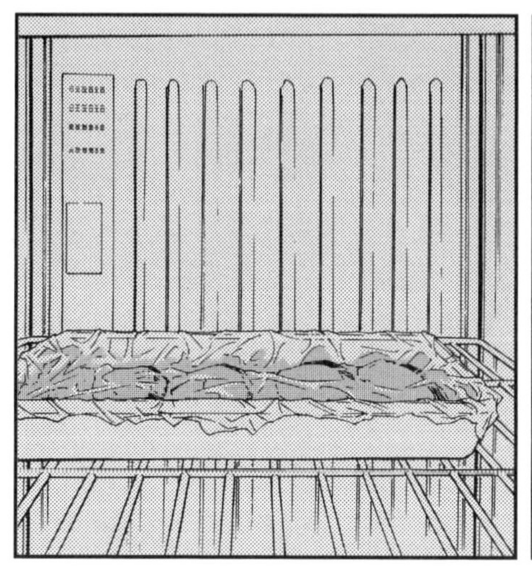

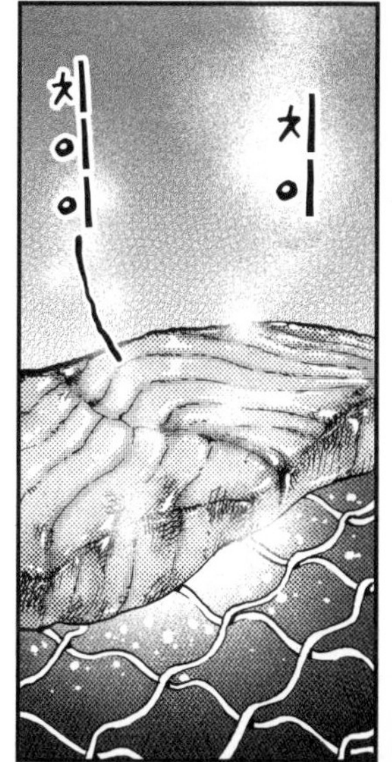

*체이서(Chaser): 술을 마신 뒤 또는 사이에 마시는 물이나 청량음료 등을 말한다.

사이쿄
쿠이.
정말로
향기로운
와ー.
오래
기다리셨
습니다.
솔
솔
포
옥
와ー
이렇게
향기로울
수가.
솔
솔
솔
솔
솔
솔
솔솔솔솔솔
솔솔솔솔

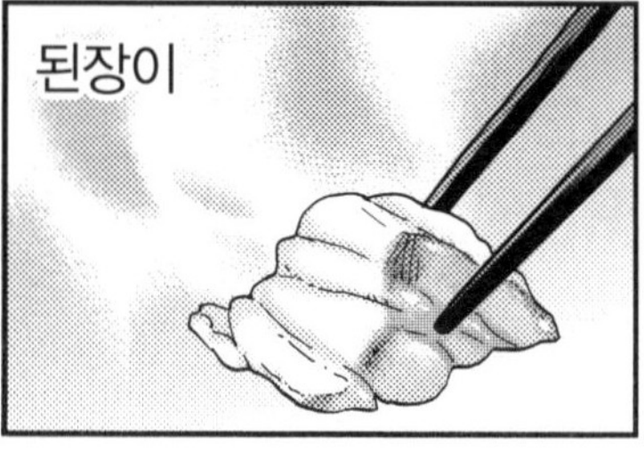
된장이

담백한
삼치의

숨겨진 지방을
밖으로 끌어내
주는구나.
으~음

살짝
탄 껍질.
바삭

이렇게
맛있는
향이라니.
우훗

안주를
먹은 다음엔
역시 물이 아니라
술이지.

체이서를
중간에 마셔 주면서
술로 시작해
술로 마무리.
술 ← 술안주 ← 술
물
찔
끔

술로
혀를 한 번
씻어 주고

다시 안주를
입에 머금는다.
푸슈~
슈~

연구를 거듭해
여러 재료를
조합한 된장과
오랜 시간이
만들어 낸
이 훌륭한 맛.

된장에 잠겨
잠들어 있던
삼치.

담금질이라….

사이쿄 된장으로
끊임없이
담금질을 해야
비로소
사이쿄
절임이
완성되는
거니까.

시간이
흐른다고 그냥
맛있어지는 게
아니었어.

그렇구나.

체육관?
어학?
자격증?
나 자신에게
투자를
해야겠어.
나도 그냥
시간을
보내는 게
아니라

오늘은 일찍
들어가시네요?
웬일로
첫째가
생일이거든.
80야 고기 두부

점원도
손님들도
낯이 익은
가게로 가자.
어서
와요
역시 가족은
좋구나
나에
게도
나를
사랑해
주는
가족이
있지만

'또 와 줬군요'
라고 말하는
듯한 미소.

날 맞이해
주기엔
너무나
멀리 있다.
그러니
오늘도 한잔하러
가 보자☆

먼저 맥주 한 잔.
오늘 재료가 좋은 걸로 들어왔어요
집에 돌아와 편히 쉬는 기분을 맛보기 위해 일단은
그럼 그걸로 줘봐
귀에 익은 팝송.
Don't stop me now
음 음
고기 두부.
내가 생각하는 어머니의 맛은
달걀을 부수어 가득 올리면 그만큼 행복도 쑥쑥.

이렇게 맛있는
음식이니
무조건 올리고
보자는
느낌이랄까.

고향에선
엄마나 할머니가
여러 음식에
계란을 풀어
주셨었지.
된장국이나
메밀국수의
육수

응?
이거 CF에
많이 나오는
노래네.
요즘
잘나가는
노래잖아
둥두둥
The story of my life
두두둥

달콤하면서도
매운 국물.
그리운 맛이야.

양념이 잘
배어 있는
두부.

부드러워진
고기의 힘줄.

네~
와카코
맥주 하나 더
열자꾸나
문득...

하~

마치 집에서
마시는 듯한
맥주 맛.

푸 슛 —

대체 선곡 기준이 뭘까…?
신경 쓰여

으응?

날갯짓을~ 하~면~
이번엔 J-POP?
응?

제 i-Pod 이요.

선곡 기준이 뭔가?
신경이 쓰….

그렇구나.
정말~ 못말린 다니까요
딸이 넣어준 거예요.

내가 수다를
떨고 있는 건
아니지만

가게도 가족이
같이 운영하고
있겠지?
굳이
안 그래도 된다고
했는데
노닥
노닥
노닥

가게의
일원이
된 듯한
느낌.
형제?
엄마?
iPod
by
딸
점장
이 사람은
알바

여기요~.
얼마 전에
킵해 둔
my소주를
마셔
볼까?

마음이
편하니

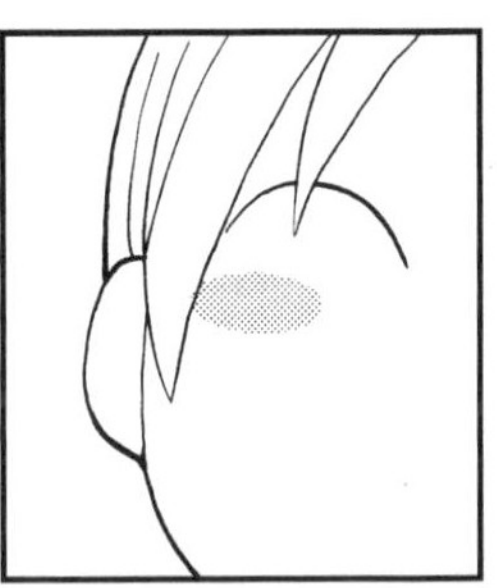

*가쿠니(角煮): 돼지고기 또는 가다랑어 등을 네모지게 썰어서 만든 조림.

81야 돼지 가쿠니
요즘엔 힘이 남아돌아 몸에서 빛이 난다.
돼지 가쿠니와 소주락.
기름지거나 자극적인 음식이 필요해.
기름
カレー鍋
자극

향기로워~
소주 원액의 맛.
후ㅡㅡ

3년산 보리소주.

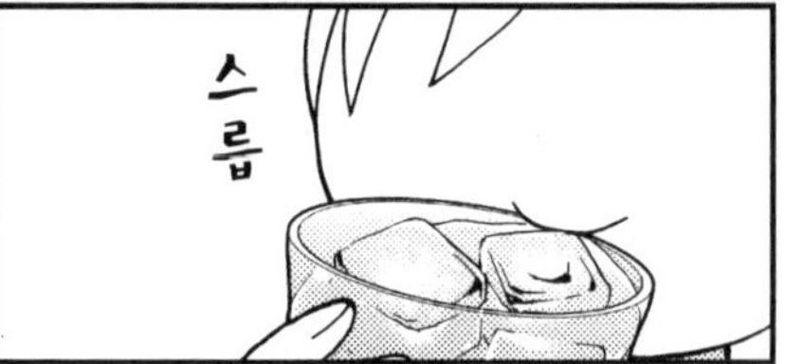

스 릅

젓가락으로도 쉽게 가를 수 있을 만큼 부드러운 고기.
몰랑
포옥
푸린

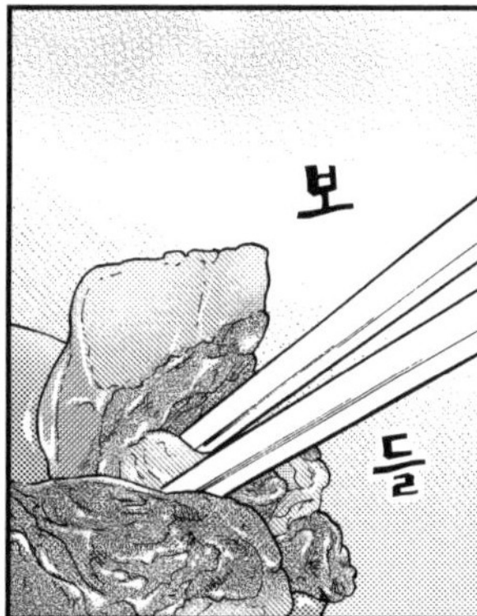

보
들

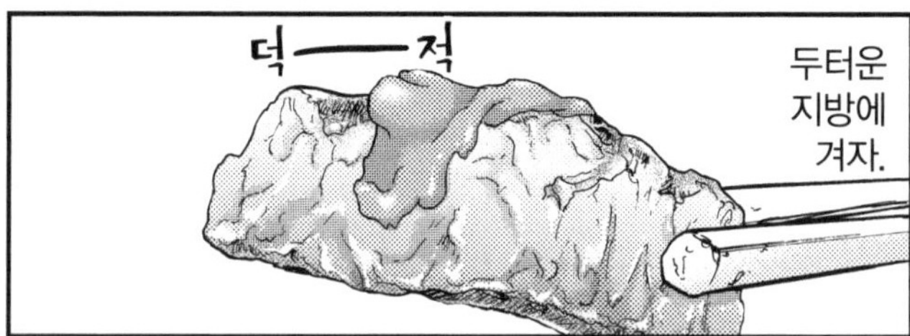

덕ㅡㅡ적
두터운 지방에 겨자.

겨자로 더욱 술안주답게.
차악
차악

투아웃
입니다

먹으면
먹을수록
중독된다니까.

야들야들한
지방과

겨자의
찡함.

찡

찌-잉

웃

지방을
제압한다.

푸슈—우우

강한
소주의
맛으로

찔끔

반드시 순하고
목넘김이
좋아야만
맛이 좋은 건
아니니까.

강~한 술이
마시고
싶어질 때가
있더라구.

찔끔
찔끔

꿀꺽
꿀꺽

찌~잉

찔
끔
찔
끔

어라?

자극에는
꼭 주의하시길.
물 좀
주세요
네에

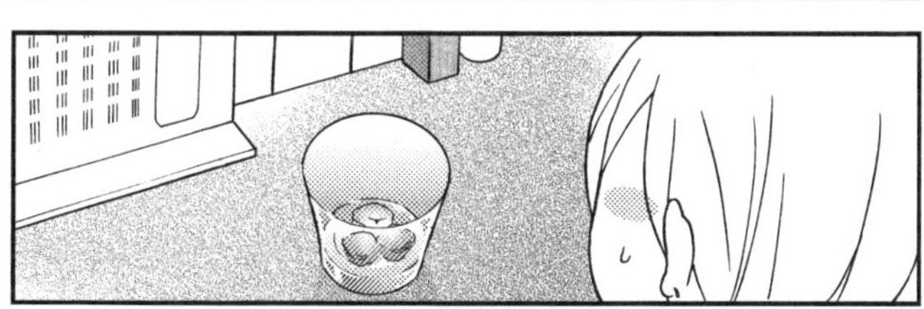

나도 모르게
미즈와리처럼
벌꺽벌꺽
마셔 버렸네.

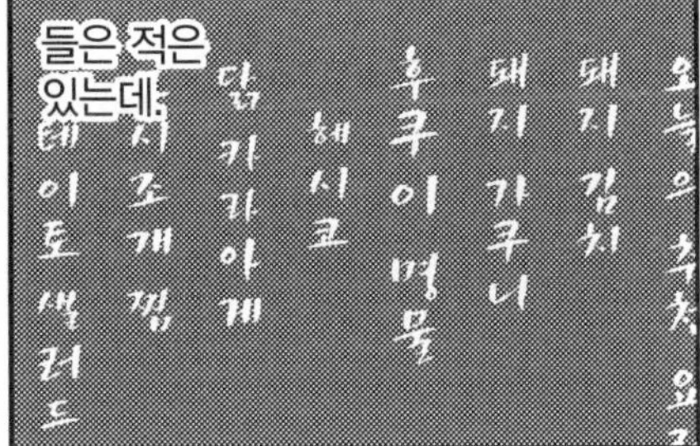

*헤시코(へしこ): 고등어, 정어리 등을 소금에 절인 뒤, 겨된장에 담근 일본의 향토요리.

응 응
역시 좋구나~
그럼 술은 이게 좋겠어.
헤시코 주세요.
사케.
상온으로
첫 헤시코.
이건 고등어구나.
가볍게 구운 것 같은데.
그런 것치고는 꽤 새카매.

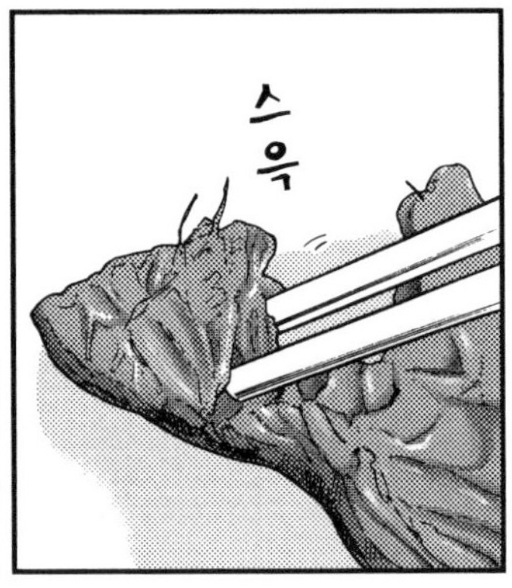
스윽

어디
보자

왓
짜다?!

이, 이게
뭐지…?
응.
아주 잘
절였구만.

절여?
각종 디저트
각종 나베
고등어회

그러고 보니
발효된 음식
특유의 향이 나.

헤시코는 겨된장 같은 걸로 절인 음식이었던 거구나!
파저폰이라 핸드폰으로 조사하는 습관이 안 들어 있음

생선 요리인 줄 알았는데, 완전한 술안주였다니.

그래도 문제될 건 없지.

찔끔찔끔 먹으면 되니까.
찔끔

찔끔
찔끔

우하

술을 부르는
최고의
술안주구나~.

이건 참

짭짤한 맛과
고등어의 지방이
입 안을 가득 채
워 주니
찔끔 집어
먹었는데도

지방과
소금이 적절히
잘 어울린 느낌.
술지게미
냄새.

달달한
술만 마셔도
입 안이
사르르.
푸슈미ㅡㅡ

그런데.

이 속도로 가다간
하룻밤 내내 마셔도
모자랄 것 같아.
찔끔
찔끔

헤시코 하나면
술 네댓 잔은
마실 수 있지.
오늘은
많이 마실
생각은
없었는데.

어라?
난 한 잔으로
다 먹어
보이….

응?

아쯔칸
주세요~
네

예상과는
많이
달라졌지만

술과
잘 어울린다면
실패는 아니야.
이 한 잔으로
다 먹어 주겠어.
아마도

와카코와 술

와카코와 술

83야 크림치즈 된장절임

오늘도
한잔하고
돌아가자.

크림치즈
된장절임과
찬술.

치즈만
단독으로 나오면
사케가 잘
안 어울리지만

된장으로
절였으니
훌륭한
일본음식.

왜

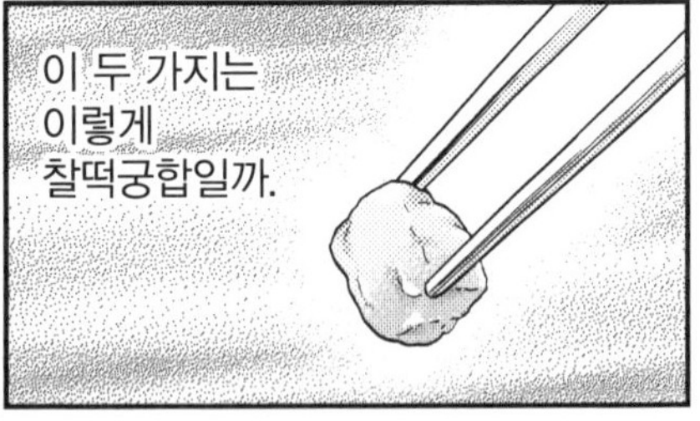

이 두 가지는
이렇게
찰떡궁합일까.

몰랑
하아
몰랑

된장은 우유의
순한 맛을

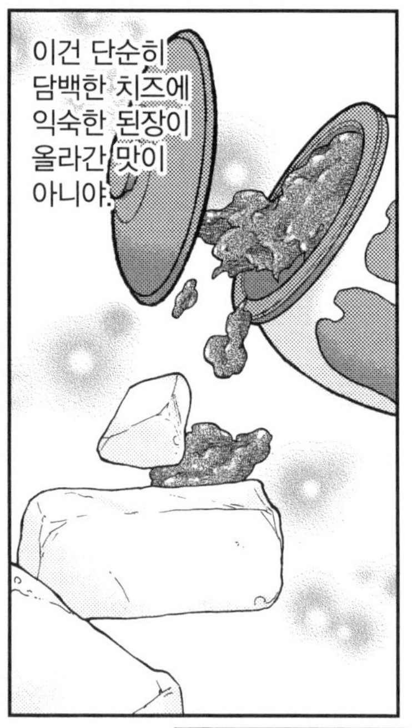

이건 단순히
담백한 치즈에
익숙한 된장이
올라간 맛이
아니야.

크림치즈의
발효된
깊은 맛을

사케에 아주
잘 어울리는 맛으로
승화시켜 주거든.
와푸슈ㅡ

치즈 그 자체를
맛보고 싶다면
크래커에 얹어서.

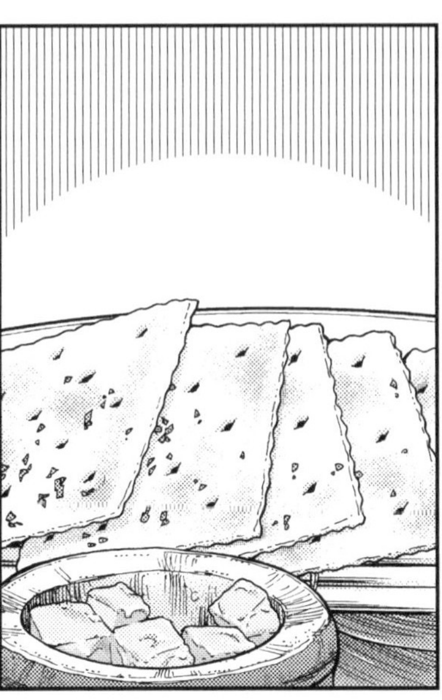

아작
아작
몰랑

이 서로
다른 감촉이
입을 즐겁게
해 주는구나.

아작

얼마나
맛있는지
졸음이
달아났어.

즐겁다.

84야 오징어다리 튀김

그게
먹고 싶어.

오징어
반찬.

씹으면
씹을수록
맛이 배어
나오는 그거.

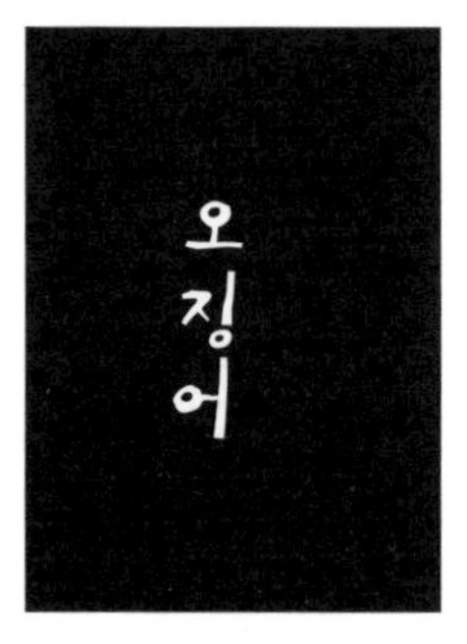
오
징
어

오징어
오징어
오징어

기름으로
튀긴 녀석.

방금 튀긴
오징어다리!

싱
글

깔끔한
보리소주
미즈와리.

그리고
그 두 개가
합쳐진
음식엔 소주.

뭐?
그 녀석
벌써 취업
활동을
해?

튀김에는
맥주….
어패류에는
사케….

차악

사실은
생식기?

바삭바삭할 때
긴～다리를

전부 입에
넣어 버리자.

튀김옷이
괜찮은걸?
졸
깃
졸
깃
바삭

오징어 맛도
잘 배어
나왔고
씹는 맛도
절묘해.

오징어
다리는
몸통보다
훨씬
탄력이
좋으니까.
쫄
깃
쫄
깃

맥주보다 농후한
보리소주를
입에 머금으면
사케보다
담백하고
다시
오징어다리를
기다리는
행복한 입으로.
푸슈
푸슈

나도 슬슬
취직 활동을
해야
하는데―.

사회인이
돼 봐야
좋을 거 하나
없잖아~.

일을
한다는 게
무서워~.

아

혹시
이상한 회사에
들어가면
어떡해~

꼭
그렇지도
않아.

분명히
일을 하면
힘든 일도
많겠지만

가끔
내가 번
돈으로

소소한 행복을
누릴 수도
있거든.

정말
그 무엇과도
바꾸기 힘든
행복이라구.

자주는
누릴 수
없지만

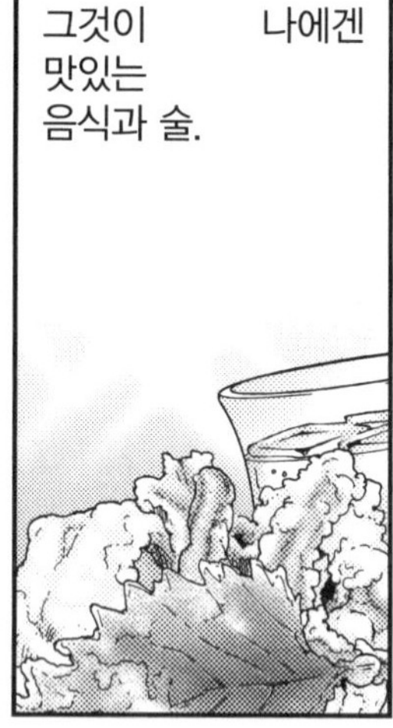
나에겐

그것이
맛있는
음식과 술.

힘내라
취준생들이여.

으음~

고추가루
라…

'옥수수 튀김'이란 말만 들어도 엄청 바삭할 것 같은 이 느낌.
85야 옥수수 튀김
예쁜 노란색.
와아.
바삭
바삭
우후후
옥수수 튀김입니다~.
타악

맛있는
소금이려나?
소금을
찍어
먹어야지.

우
하

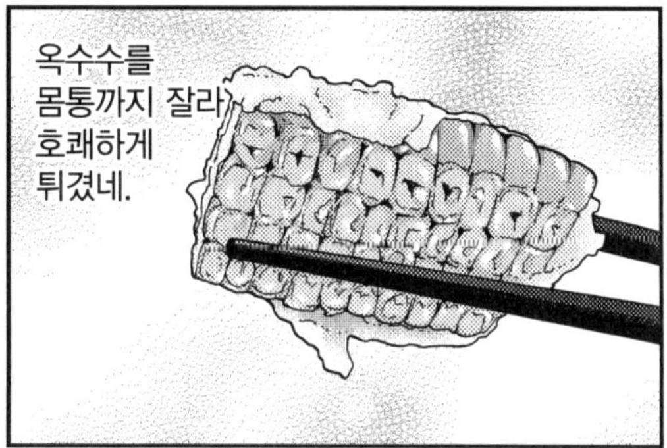
옥수수를
몸통까지 잘라
호쾌하게
튀겼네.

음.

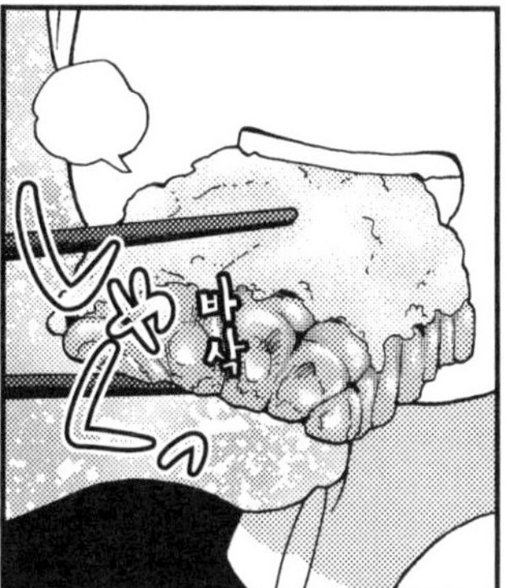
바
삭

달콤해!
바
삭
바
삭
톡
톡

다양한
의견이
있겠지만
'소금이 최고지.'
'텐쓰유에 찍어서
먹어 보고 말해.'

역시
이럴 땐
소금이야.

텐쓰유
(튀김용 간장)도
좋지만

고 중에서도
튀김은
착착

옥수수의
식감을 살린
요리로

달달한 맛이
생명인
옥수수이기에
소금으로
그 맛을
돋보이게
해 주는 게
중요.
한마디로
자기마음 →

'소금과
단맛'이라는
단순한
맛이
바작
바작

생각한 대로
바삭바삭해서

심에
가까운
부분도
바작
바작

맥주에 딱 어울리는 최고급 술안주로 변신.
푸슈시
자꾸만 들어가는 구나.
맥주를 마시고.

튀김을 먹고

맥주를 마시고.

튀김을 먹고

그 자체로 매력적인 옥수수.

야채를 맛있게 만들어 주는 절묘한 소금.

비도 피할 겸
선술집으로.

86야 참치캔 마요네즈 구이

하이볼
선술
홋피
하이볼
껍질구이
소주
생맥주
술
선술

홋피
BEER

토리스 하이볼

이걸
주문해 봤다.

어서
오세요

가게의
분위기에
휩쓸려

380円

복고풍
이야.

평범한
하이볼과
뭐가 다른
걸까?

오늘처럼
무더운
날씨에
딱이야
분위기 탓인지
희미하고
산뜻한 맛이
나네.

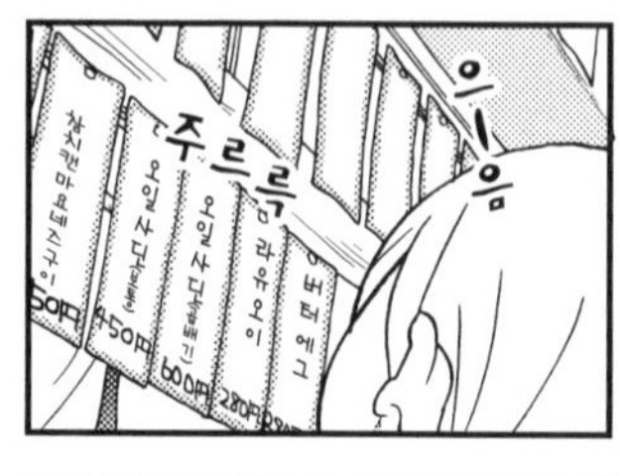

주르륵
으-음

마요네즈…
참치캔

통조림에
요리 과정을
하나 추가한
건가?!
참치캔
마요네즈
구이.

화륵
차각
차각

참치캔에
양파랑
마요네즈를
올려 구운
거구나.

와
과자
같기도 한 게
귀여운걸.

참치 통조림은 주로 샐러드에 곁들여 먹거나 샌드위치에 넣어서-먹지만
부슬
부슬

사실 한 캔을 통째로 먹어 보고 싶었어.
우시시
따악

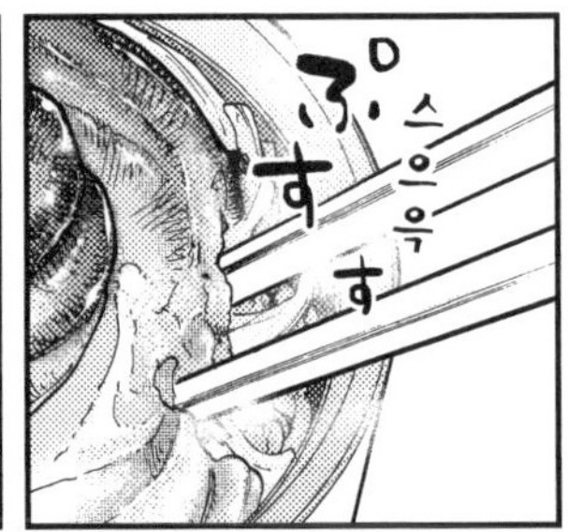

스읏
스읏

층을 이루는 건더기들.

마요네즈의 진한 맛과 참치 기름.
그 사이를 메워 주는 양파가 굉장히 산뜻해.
사각
사각
사각

어서
오세요
사각
사각

거기에 토리스
하이볼까지 마시니,
더욱 산뜻.
푸슈——웃
그리고
다시-기름.
참치 :
마요네즈 :
양파… :
집에서도
해 보자.
참치캔 하나.
아주아주
작은 사치.
여기
비었어요.
싹아

*1.5차: 피로연과 2차의 중간 형태. 약간의 격식만 차린 결혼 파티.

나만의
2차는
맥주부터

어서 옵쇼
뭐든 좋아.
일단
들어가 보자.

철판구이인가?

오래
기다리셨
습니다.

시끌
끼~
시끌
끼~
치익!

명물 성게
크레송
이에요.
…그건
뭔가요?

근데 어떤
음식일까?

그럼
그걸로.
조용히
히로시마의
명물이 된
녀석.

들은 적이
있어.
성게
크레송!

착 착 착

대량의 크레송.
옆에는 바게트 ↓
수북

버터에
끈적~

성
우ㅡㄱ
게
ㅣㅡㄱ

스억

성게

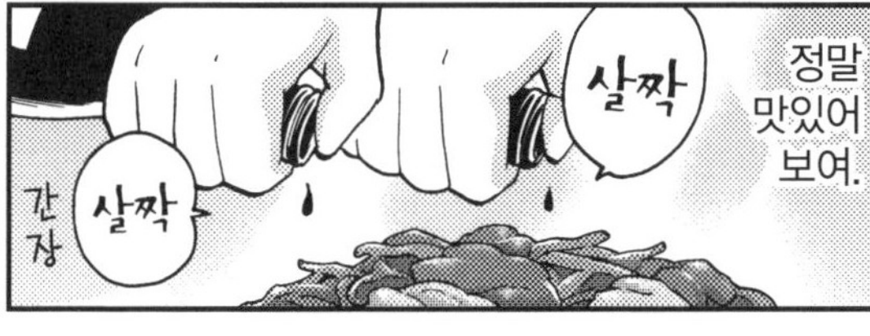

정말 맛있어 보여.
살짝
살짝
간장

자,
다 됐습니다.

뭐야, 뭐야?
성게!
처걱
처걱

성게
크레송!
꾸욱—

이게

하지만 음식이
담긴 접시는
평범.

겉보기엔
프렌치.
성게와
크레송
이야...

일단은
바게트에
올리지 말고
먹어 보자.

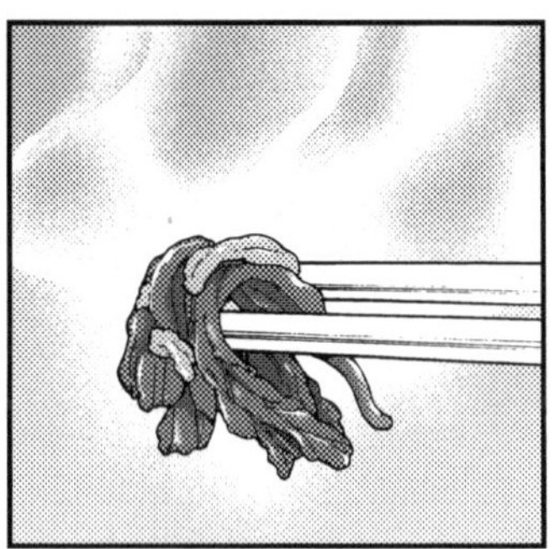

버터랑…
성게의 향….

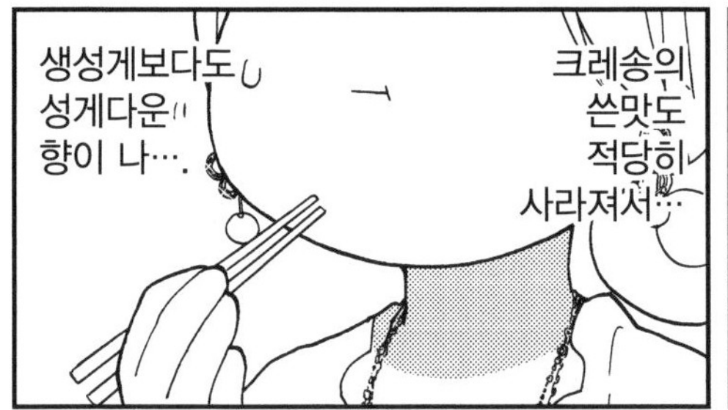

크레송의 쓴맛도 적당히 사라져서…
생성게보다도 성게다운 향이 나….

맛보기 힘든 재료를
그냥 적당히 모아놓은 음식이 아닌가 했는데

뇌 속 깊은 곳에 들어가 있는 맛의 직소 퍼즐을 딱 맞춰 주다니.

맛있어 정말 맛있어~
풋슈—
푸슈슈
분명히 처음으로 먹는 건데도 익숙한 이 맛.

서민적인 분위기의 술집 메뉴.

비싼 성게를 이렇게 잔뜩 사용했는데
그러고 보니 가격을 안 물어봤네

그렇죠? 후후후
먹으러 오길 잘했어~
다른 지방에서 오신 분들
자기도 처음 먹었으면서 →

성게 크레송, 맛있을까~?
바게트도 맛있고

에잇
에잇
에잇

맛있는 음식이란 대부분 자신이 잘 알고 있는 맛.
그리고 누군가에게 전해 주고 싶은 맛.
다음번에 친구들한테도 알려주자.

성게 크레송 ¥1300
문득…

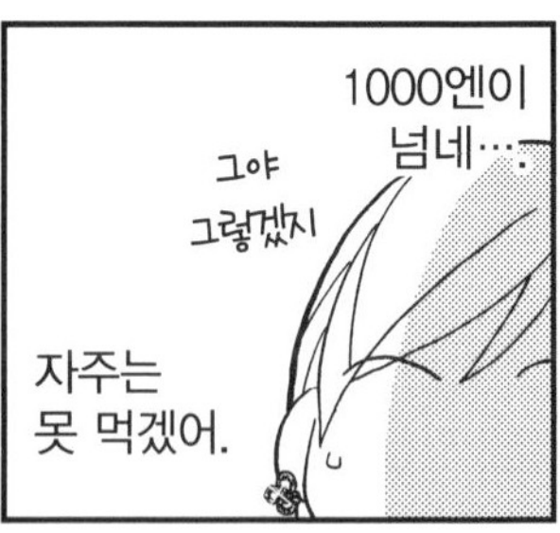

1000엔이 넘네….
그야 그렇겠지
자주는 못 먹겠어.

와카코와 술

*모로큐: 오이에 일본식 된장을 곁들인 음식.

밤인데도
후덥지근~.
88야 모로큐

이거라면.
오

근데 맛있는
음식과 함께
술은 마시고
싶어
약간의
모순

식욕이
없어.
후끈

모로큐.

일단 시키고
보는 음식의
사이좋은 동료,
모로큐와 맥주.

꿀꺽

일단은
-1℃
푸하

초록색.

오이의 속살이
보기만 해도
시원하다.

이걸로 또
-1℃

여기에 모로미
미소(보리 된장)을
살짝 얹어서
살짝

大漁
살짝
들썩들썩.
모처럼
저렴한
음시

오늘만큼은
오이를 좋아하는
갓파 요괴가
되고 싶어.

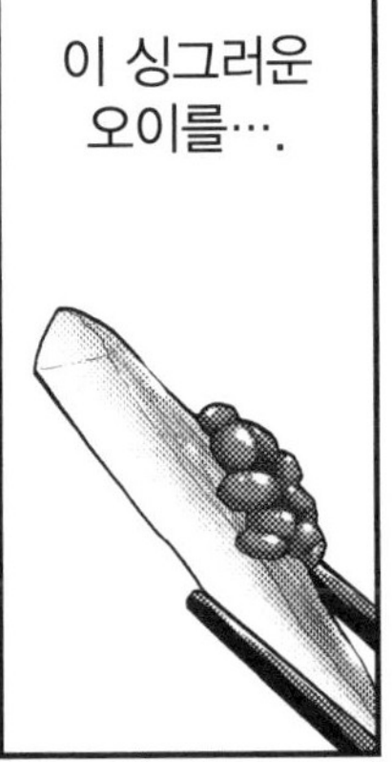
이 싱그러운
오이를….

아
작

온몸을
적시는
수분.

아
작

아작

아작

아작

떨어지는
체온

COOL

맥주로
결정타를
날려 주자.

그 가운데에서도
적당히 미지근한
모로미 미소.

시원한 음식에
또 시원한 음료.

이번엔 된장을 좀 더 많이 올려서 먹어 봐야지.

된장을 올렸기 때문에 질리지 않고 계속 먹을 수 있어.

정말로 멋진 음식이야.

무더운 여름에 잃기 쉬운 염분과 수분을 보충할 수 있고
식감도 맛도 절묘.

여름이군요—!!
캬
푸
슈

생고기도 먹기
부담스러워진
요즘.

89야 소심장회
すい煮
380
すい煮
380

소 심장회
랑…
이토록
야생적인
취향이라니.

소의 심장을
생으로 먹는다.

소
심
장
회
490

오늘은 이걸
마셔 보고
싶어.
막걸리
하이볼

매력적인
음료가
참 많지만

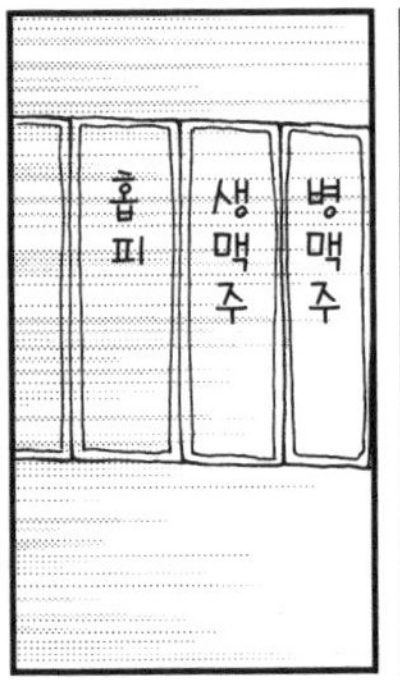
홉
피
생
맥
주
병
맥
주

고기랑 잘
어울린다는 걸
알게 됐으니까.
항상
맥주였지만
왜냐하면
막걸리를
처음 마셔 본
한국식
고깃집에서

막걸리 하이볼

그리고
너무 달지 않은
딜콤함도 일품.

우호우!

섞어서 훨씬
깔끔하기도
하고
또 벌꺽벌꺽
마시고
싶으니까
하이볼.

파와
참기름이
잔뜩 올려진
소의 심장.

보기에도
탱글탱글하고
신선하네.
아주
멋진 색이야

흠뻑
생강을 갈아 넣은 참기름을 잔뜩 발라서.

고기의 독자적 유통 루트를 보유한 가게만이 선보일 수 있는 음식.

이 신선도.

향이 강하지 않은 깔끔한 맛.
쫄깃
쫄깃

촉촉

향이 강하지 않을까 염려했던 파와 생강이
의외로 고급스런 맛을 더해 주고 있어.

양념이 아니라
기름을 찍어 먹다니 신기해.

존재감을 드러내는 파와 생강. 그리고 심장 고기의 맛.
이 모든 것을 조용히 한데 묶어 주는 것은

참기름 향에 숨어 있는 생고기의 맛있는 향기.

바로 마일드&
탄산이 적은
막걸리 하이볼.
푸슈ㅓ리

야채만
먹을
때보다도
맛있어.

고기와 기름
중간중간
야채.

채 썬 양파도
이렇게
맛있다니.

잘 먹었
습니다

푸
슈

마지막은
차조기와
함께.

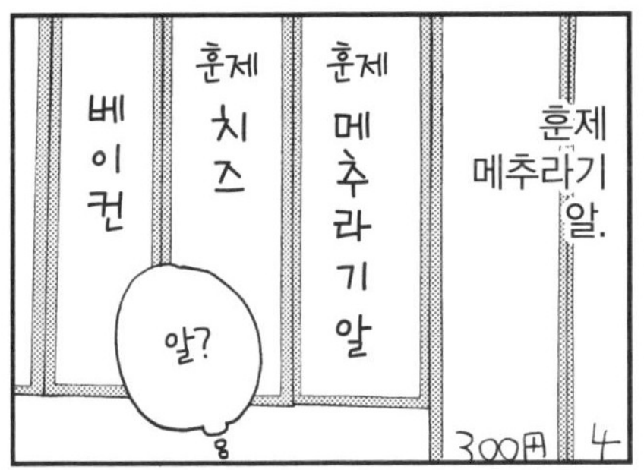

90야 훈제 메추라기 알
맥주를 따르는 데
신경을 많이 쓰는
가게라.
요즘 많이
보이더라
생맥주
부드러운
따르기 때문에 맛이
극냉 맥주 서버로

음식은
모두
술안주
계열
이구나.
안주 구워 드립니다
훈제
메추라기 알
이카리메
이타와시
가오리지느러미

훈제
메추라기 알.
훈제
메추라기
알
훈제
치즈
베이컨
알?
300円

달걀도
좋지만.

눈에 띄면
무심코
시키게 되는
메추라기 알.
あんた結局

작은 알이
데굴데굴
모여 있는 게

무척
귀여워서
흐뭇해.

에
헤
헤

확실히 맥주를
맛있게 담으려고
하는구나.

슈우

오오
거품을
일단
담아 놓고

나중에
올리고
있어

거품 ← → 맥주

이런
서버와는
다르구나

사
르
르

오오…
이건.

사
르
르

정말 작고
부드러운
거품.

역시
뭐가 달라도
다르네

누님.
거품과
맥주는
같이
마셔야지.

이렇게 하니 부드러운 목넘김도 함께 맛볼 수 있어.
스읍
스읍
꿀떡
꿀떡

그렇구나.

무슨 일 해?
이봐.

맥주 애호가가 아니라도 많이 마실 수 있을 것 같아.
딸랑
어서 오세요~

할아버진 무슨 일 하시는데요?
휴

이거 참….
옛날엔 말이야 그런 게 없었어 유행인지 뭔지는 모르겠지만
귀찮게 돼 버렸네

버럭
뭐라고?
으음
휴대전화…

메추라기
알.

한입에
먹을 수
있지만

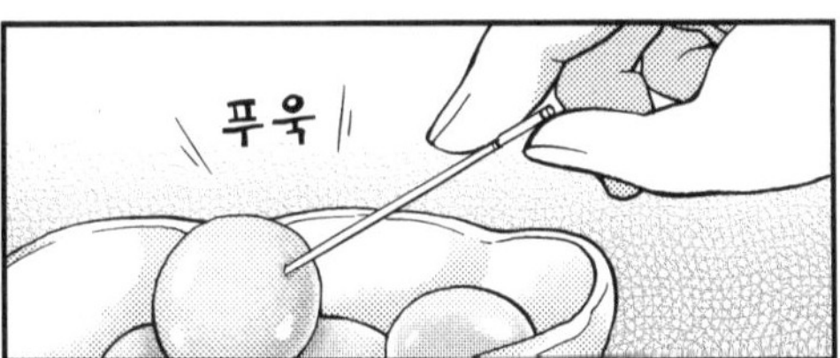

푸욱

그래도
잘라 먹어
보고 싶어.

당연하지만

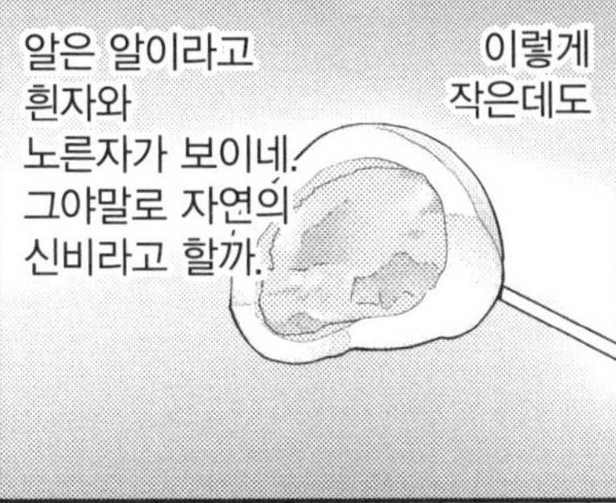

이렇게
작은데도
알은 알이라고
흰자와
노른자가 보이네.
그야말로 자연의
신비라고 할까.

메추라기의
양분 덕분에
맥주도 술술.
푸슈라ー

꿀꺽
꿀꺽

희미한 담배
냄새를 맡으며
맛보는
맛이 응축된
메추라기 알.

난 집을 때 석탄을…
저도 일은 하고 있어요

이 둥그런 모양이 정말 좋아.
와
와

나는 그냥 흘려들었지만
둥글게 둥글게 넘어가려고

흠음.
이 놈이
이 놈이
오라 말끔
오라 말끔

항상 좋은 사람만 있는 건 아니지만

THE 술집의 광경
한마디로 둘 다 그냥 술주정꾼.

그렇다고 나쁜 사람만 있는 것도 아니니까
그런 노래도 있었던 것 같은데

힐끔
안절
부절

한 잔 더
주세요.

응…?
히죽
히죽

술꾼은
술주정꾼에게
관대하다.
흔히 볼 수 있는
술집의 광경.

복어회
솔직히 말해 먹고 싶다든 생각을 해 본 적이 없다.
참치
토마토 샐러드
오징어 소금구이
문어와 미역
91야 고래 베이컨
우롱하이
고래 베이컨.
그런데 왜 여기에 있을까.
'급식 때 먹어 본 기억 때문에 그립다'라는 감정을 지닌 세대도 아니다.

요즘엔
보기 드문
거라서…?

우~롱
하이

자극적인
붉은색까지
입히다니.
간장

거의 기름을
먹는 거나
마찬가지잖아.
반짝반짝

반짝반짝

자꾸 보니까
맛있어 보여.
스
으

겨자를
바르고

초간장을
찍어서.

음~.

⋯⋯⋯⋯
오물 오물 오물

찡
뭔가
허전하고

고기의
단단한 지방을
먹는 것 같아.
후음

하지만
아주,
아주
음

다음
술 한 잔을
부르는구나.

희미한
씁쓸함
독특한 지방에
상쾌한
우롱하이.

지방은 술과 잘 어울려.
푸슈푸슈ー
굿잡 복고풍 술안주

이런 고기 조각으로
고래의 크기를 상상하긴 힘들지만

그것을 조금씩조금씩 맛보는 이 느낌.
쿠오오키ン

아주 작은 존재인 나는

이렇게 불평을 하면서도 또 시키겠지. 고래 베이컨을.
후음 후음

비어가든.
여름도
끝무렵.
92야 핫도그
음식
가져올게
회식이니까
다 같이
어울려

비싼 건
음식이
아니라
술인데..

언제나
그렇듯
여자는
가격이 싸니
미안한걸.

비어가든이니
맥주를
마셔야지.

근데 이것도
마시고 싶어...
오...
↑ 셀프 추하이 코너

즐겁게
즐기고
싶어.

뷔페는 각자 자신이 좋아하는 음식을 가져오는 것도 즐거움이지만
모처럼 뷔페식.

나중에 마시자

고두
다른 사람이 어떤 음식을 가져 오는지 보는 것도 즐거움이야.
소박
깔끔

격식은 차리지 말고.

너도 어서 가져와~
배가 고프거든
하라 씨는 탄수화물이네
아직 술도 안 마셨는데 다들 들뜬 것처럼도 보이고.

역시.
꿀꺽
포테이토
전부 맥주에 어울리는 음식들.
꼬치
튀김

건배.

이 고정관념을
부수는 쾌감.

평소에
술을 마실 때면
멀리하는 것들.
면
쌀
쌀

가는 김에
음식도
보충해 볼까?

난 또
맥주
가지러
간다.
빠ㅡ르네

오
?

조금 전과
겹치지
않게….
으ㅡ응

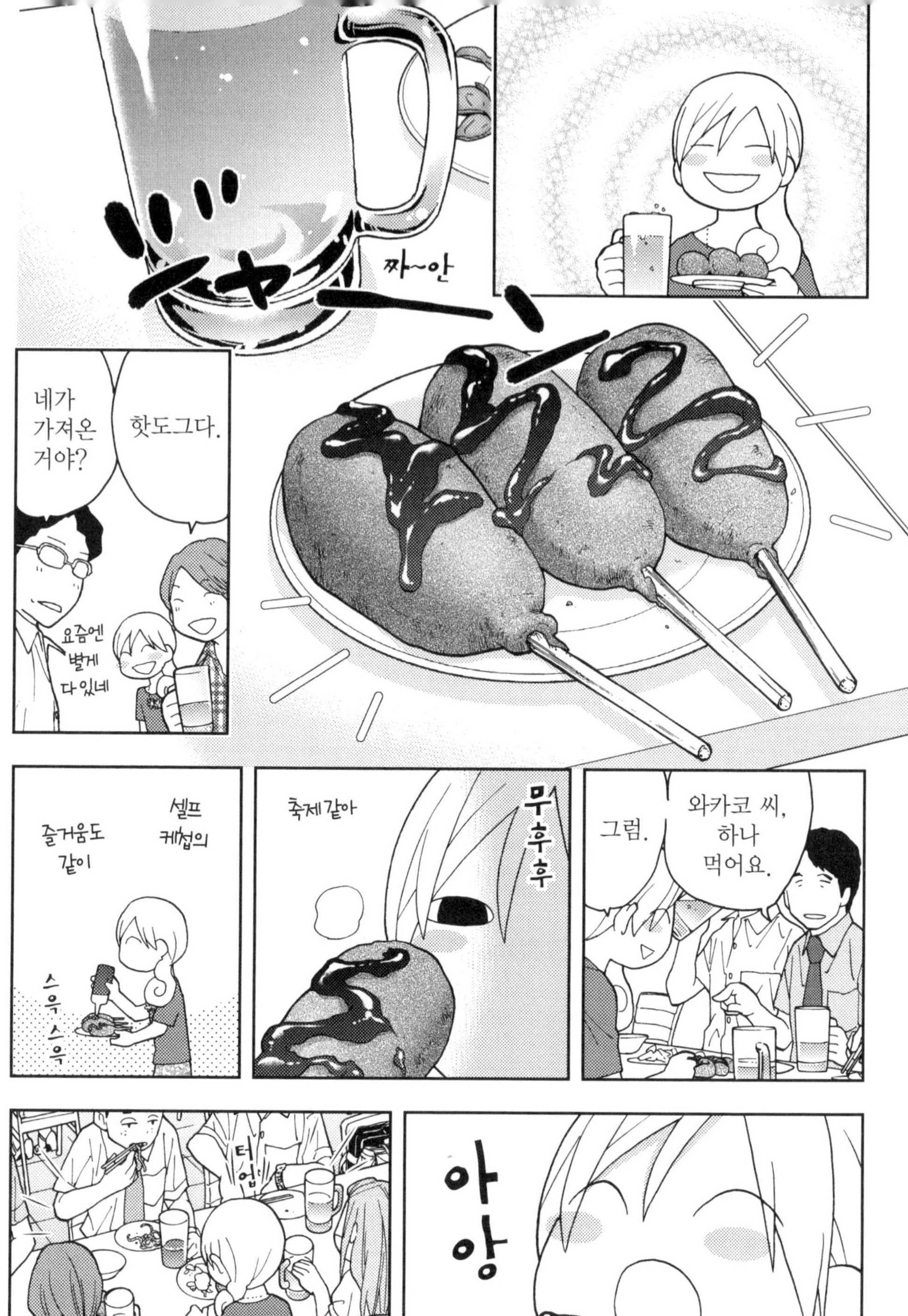
짜~안
네가
가져온
거야?
핫도그다.
요즘엔
별게
다 있네
와카코 씨,
하나
먹어요.
그럼.
무
후
후
축제 같아
셀프
케첩의
즐거움도
같이
스
윽
스
윽
아앙

우물 우물

아 ― 앙
어린이 입맛이라고 놀리고 싶으면 얼마든지 놀려.

살짝 달콤한 밀가루.
케첩과 소금, 그리고 고기.

왜지?
꿀꺽
꿀꺽

달리는 거야
맥주가 물처럼 넘어가는 오늘은 1년에 몇 없는 무적 모드.
푸슈
딸각 ↑
술꾼 스위치

평소에는 목을 따끔거리게 하던 탄산이 부드럽게 넘어가다니.
목 넘김

일상적이면서도 비일상적인 느낌.
여기서만 맛볼 수 있는 분위기!
살짝 남는 이 바삭한 부분이 좋다

요리의 맛도 평범한 음식점보다 떨어지지만
아주 시끄러운 데다

샤아

♪♬

식사 자체가
이벤트인
비어가든의 마력.

나도 모르게
술이 넘어간다.

푸슈~

이곳은
비어가든.

함정도
있는

농후

이런..

농후

앗...

SP.1 후배의 우울
와카코 선배는 수수께끼 같은 사람이다.

이거랑 이거.
슈웅
사사삭
나카노 선배는 쿨하고 필요한 말만 한다.

오늘 자르자
아하하~ 시라이시 머리 좀 잘라라~
미무라 선배는 항상 밝고 은근슬쩍 신경을 써 준다 (어떻게 대답해야 할지 모르겠지만)

와카코 선배 또래의 다른 선배들은 알기 쉽다.

나랑 비슷한 타입이 아닐까 생각했었다!

어둡진 않지만
반면에 와카코 선배는

얼마 전에 실수를 했을 때에도
나는 그 자리에서 아무런 말도 하지 못했는데
전 주임
말이 안 나온다
아니에요, 그건 제가…
죄송해요, 그건 제가…

선배는 다음 날 나를 조용히 타일러 주었다.

엄청나게 혼날 줄 알았는데.
시라이시, 잠깐 좀 볼까?
오카다 선배였으면 아마 엄청나게 화를 냈을 거야…

술자리.

나는 술도 잘 못하고 말도 잘 못해서 조금 긴장한다.
즐겁지 않은 건 아닌데…

와카코 선배도 딱히 말이 많진 않다.

사람들 틈에 끼어서도
묵묵히 음식을 먹고
술을 마실 뿐이다.

이건
그야말로…
단지
뭐라고 할까.

여유.

절대
들뜨지는 않지만
그래도
즐거워 보인다.

사귀는
사람이
있는
듯하다.

애인이랑은 대체 무슨 대화를 할지 침작도 가지 않지만
안절부절

힐끔 힐끔
싱글싱글

그래서 여유가 있는 걸까?
기뻐 보이네
오늘은 달링이랑?
절레절레
아니라고?!

무라사키 와카코.
대체 무엇이 그렇게 즐거운 거냐?!

아, 와카코 선배.
저 뒷모습은…

Fuyuyama
SALE SALE SALE

………

싹뚝
싹뚝

역시
데이트
였잖아.

그냥 평범한
사람이었어

감사
합니다~
ホリゾント

누구랑
약속이 있나?

어서
오세요

뭐야.

혼자…
네….
푸슈~

아아,
뭔가….

아아, 이제야, 뭔가 알 것 같아.
짜각
짜각
짜각

이제 알겠어
저 사람은 원래 저렇게 인생을 즐기는 거야.

선배가 다른 사람들과 시끄럽게 떠들다니, 그런 모습은 상상이 안 가.

…혼자서 술.
그렇게 즐거운 걸까?

……

엄청 부러워. 젠장.

아하하하
……
그래서 말야

생맥
……네

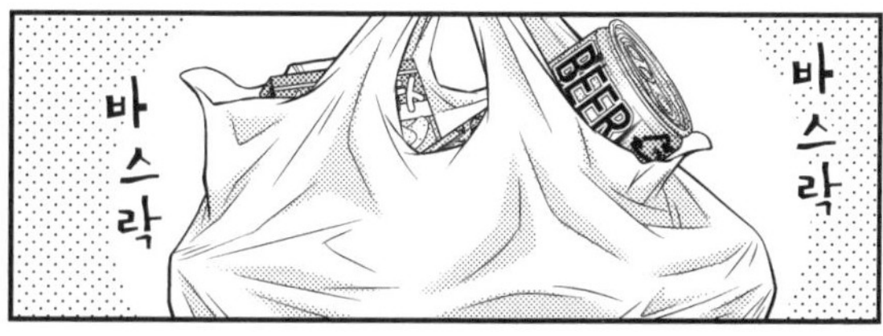
바스락
BEER
바스락

시도해 보자.
일단은

잘 마시지도 못하는 술을 사 버렸어.

근데
기분은
좋은 것
같기도
남을
듯…

와카코와 술

살짝
창피를
당했다.
iOS
얘기야?
풉
93야 돼지 김치 볶음

이번
이오스
….

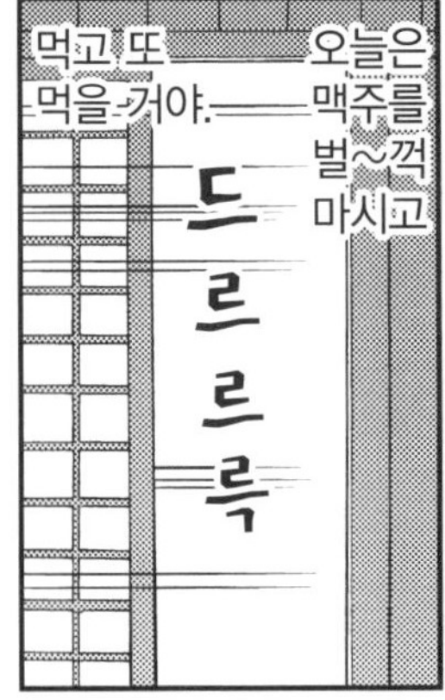

먹고 또
먹을 거야.
오늘은
맥주를
벌~꺽
마시고
드
르
르
륵

아
작은
실수였지만
조금 충격이
오래가네

그렇게
웃을 필요는
없잖아.
이오스!!
후후후후
후후후후
히
그냥 잠시
착각했을
뿐인데
쿡쿡쿡
꿈찔

벌컥
가
아ㅡ.
두둥
풀풀
좋아
좋은 냄새야….
어서 와라~
솔솔
흐응?
내가 주문한 건가??
꿀떡 꿀떡
아
차악
빠악
← 심리적 표현
직접 자극 하는
꼬록
꼬록
맥주가 먼저 들어간 배를
심리적 표현
돼지 김치 볶음!
수북한
가득
폭력적인 이향기.
잘 먹겠
습니다
가득

덥석

꾸텁

고기.
으~음.

가득 집어 먹어도 물리지 않아.
하후 하후
맛이 진한데도

하지만 야채도 가득.

김치의 시큼함이.
얼 얼
삐잉
달콤하면서도 매운맛 사이로

마치.
꿀꺽 꿀꺽

생강 맛과 매콤한 맛 때문에 젓가락을 멈출 수 없어.
하후 하후
잔뜩 잔뜩

인생
같구나.
헷
푸슈——…

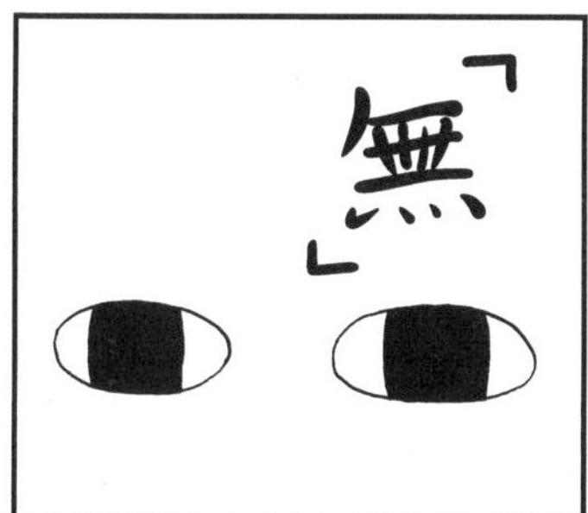
無

……

얼얼
얼얼
덥적
덥적

지금
놀림을
당했던 일을
잊어버렸다.
돼지 김치
파워~

바닷바람이
기분 좋은
계절.

94야 고기감자조림

동네를 산책하니
딱 적당히 허기가
찾아 왔다.

배를 채운다
=
무언가를 먹으면서
술을 마신다

동의어

오

洋食
洋食
食
みえや

괜찮네.

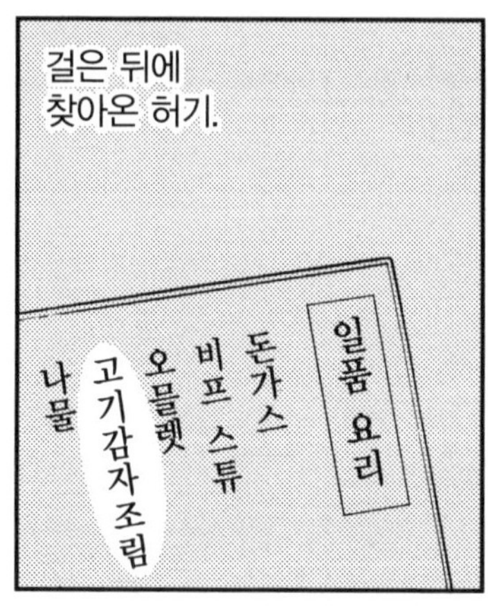

걸은 뒤에
찾아온 허기.

일품 요리
돈가스
비프 스튜
오믈렛
고기감자조림
나물

드르륵
끽끽
오
어서 오세요~

따뜻한
고기감자
조림.
괜찮을 것
같아
일단은
찬술

고기
감자조림
나왔어요.

감자가
굉장히 커!

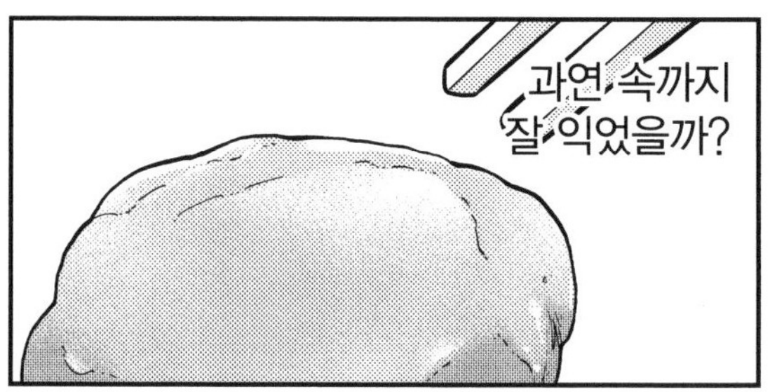

과연 속까지
잘 익었을까?

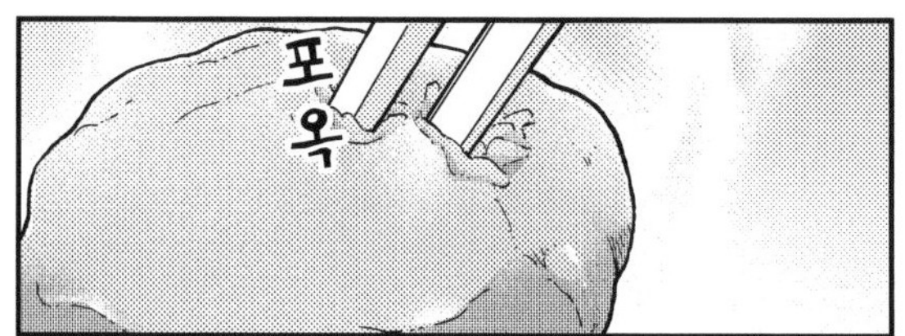

포
옥

쏴르륵

스르르

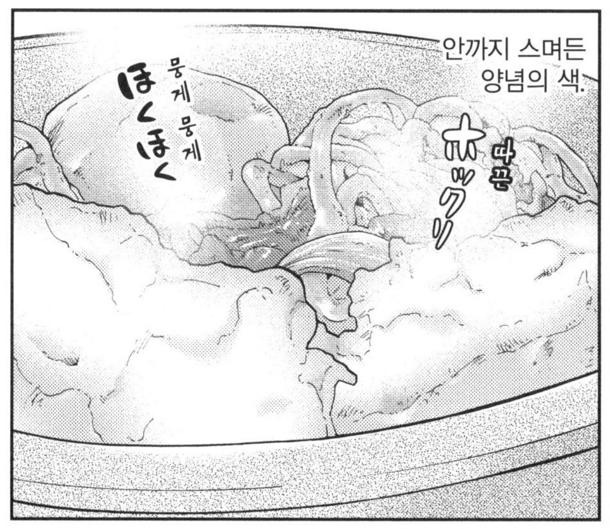

안까지 스며든
양념의 색.
뭉게 뭉게
호쿠호쿠
따끔
호쿠리

젓가락에서
전해지는
이 부드러운
감촉.
뭉게 뭉게 뭉게
호쿠쿠쿠

이…
커다란
감자 안에
어떻게
양념을….
꿀꺽

후

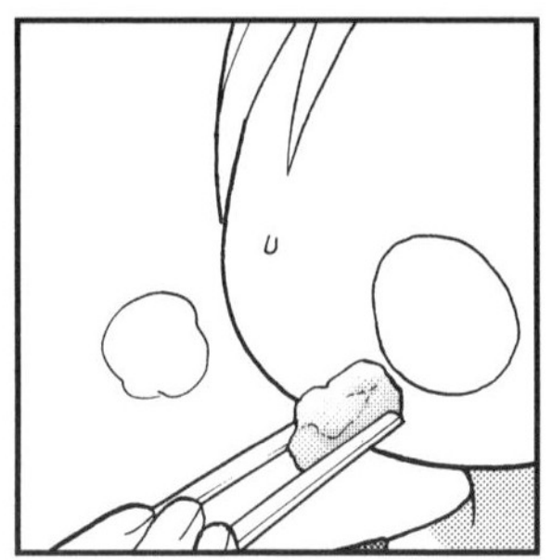

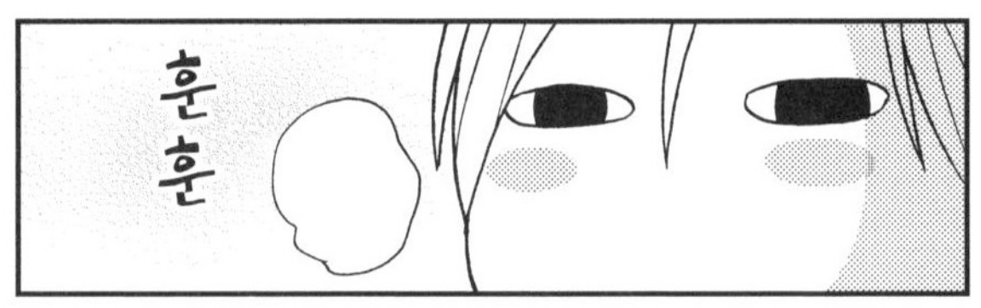
훈
훈

남
작
따끈따끈

이 따끈한
느낌은 바로
남작 감자.
많이
컸구나
어머나~
어서
오렴

보통
고기가 들어간
음식의 메인은
고기이지만

남작의
따끈따끈
함을
남기면서
안까지 양념이
스며들어간
고기감자조림이
이렇게
맛있었다니.

지금은
부서지지 않는
메이퀸이
주류지만.

감자를 메인 재료가 되게 해 주는 이 존재감.

게다가
실곤약도 달달하고 매운맛이 참·잘·어울려.

그러고 보니 여기는 노포 '양식점'.

고기감자 조림의 시작은

친근한 조미료를 사용해 서양의 비프스튜를 흉내 낸 음식이었지?

치이
오래 기다리셨습니다~
그래도 역시
일본의 맛.

시끌 시끌
쪼르르르
달칵 달칵
부우

하하하하
부르릉
타악 타악

일본의 술과 잘 어울리는 친근한 맛.
따끈
푸슈~
대대로 지켜온 맛일까?
오이
무즙
나물
히야얏코
된장국
토란국
돈지루
밥(소중대)
오야코동
규동
나도 이번에 남작 감자로 요리를 만들어 봐야지.
이 맛을 쉽게 따라잡을 수는 없겠지만.
분명

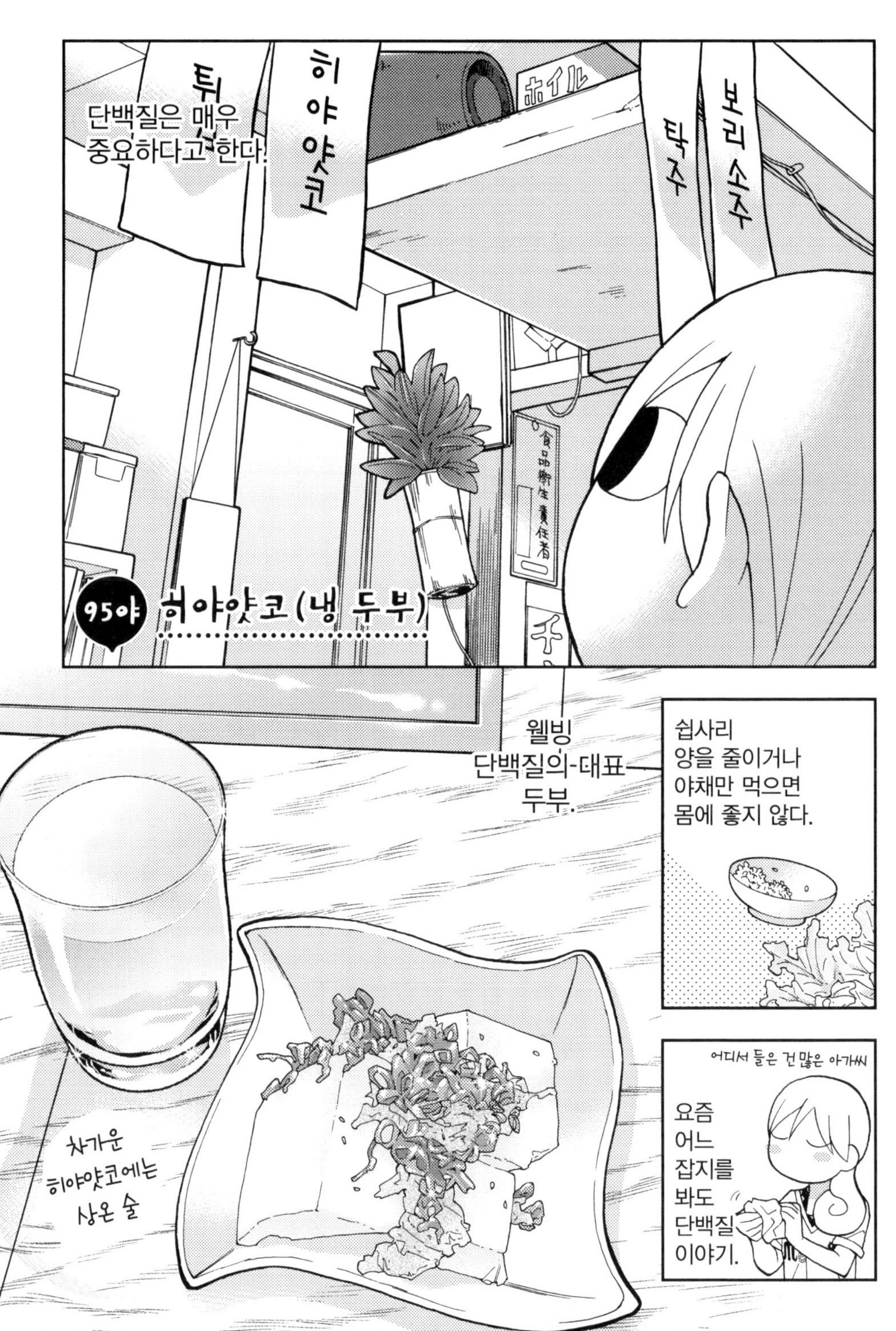
단백질은 매우
중요하다고 한다!

튀김

히야얏코

호일

보리 소주

탁주

95야 히야얏코 (냉 두부)

웰빙
단백질의-대표
두부.

쉽사리
양을 줄이거나
야채만 먹으면
몸에 좋지 않다.

어디서 들은 건 많은 아가씨

요즘
어느
잡지를
봐도
단백질
이야기.

차가운
히야얏코에는
상온 술

막두부.
언제 먹어도
부담 없는
두부.

하얀 두부를
물들인 쪽파와
가쓰오부시.
그 위에

간장을
떨어뜨린다.

내가
잠깐만
수고하면

맛있게
완성되는
흰 캠퍼스.

스
으

간장의 맛.
파의 향기.

없는 듯하면서도 확실히 느껴지는 이 감촉.
담백하면서도 깊은 맛.

아주 기분 좋게 몸이 식어가는 이 정취.

하늘
오

이가 시릴 정도로 차지는 않지만

일본인이라 다행이야.
푸슈—...

이럴 때에는 상온 술이 마음을 가다듬어 준다.
More

아.
알았다

원점으로
돌아간 듯
마음이
편해지는
이 맛.

…뭔가
체형이
늘씬해진
느낌?
※물렁뼈 튀김 편 참조

두부
효과인가
봐~♪
NO
운동했다

96야 달걀프라이
절대 밖에서는 시켜 먹지 않을 거라 생각한 음식이 있다.

하지만
물론 좋아해.
일단 맥주부터

달걀프라이.
그건 바로

따끈
'달걀이 올라가 있는 음식'이라면 몰라도…

아침에 항상 해먹는 달걀프라이
프라이팬에 달걀을 넣고 굽기만 하면 되는 거잖아.

반찬이 굉장히 많네.
그러고 보니
주르르륵

띵

삭

연어
구이요.
네

쇼케이스에
이렇게 반찬이
많은 건….
그런
의미였구나.

여기요
아예
대놓고
B급 음식
만들어 두고는
전자레인지에
데워서?!

햄
햄
분명
맛있을 거야
햄도
있고.

흰자와
노른자의
대비가
눈에서
떠나질
않는다.

근데
뭔가

핫
하지만
이 안에서
골라야
한다면
다른
걸로…
있다.
달걀
프라이.

돈지루→
밥
회
맥주→
다들
좋아하는 걸
거리낌 없이
먹고 마시고
있잖아.

밖에서
달걀프라이를
먹어도
괜찮아.
달걀프라이와
함께 술을
마셔도
응,
그러니까
괜찮아.
땡ㅡ

숙

쇼유
미원

노른자가
살아 있어.
에
헤
헤
헤

감칠맛을
돋워 줘서
좋더라.
미원
팍 팍

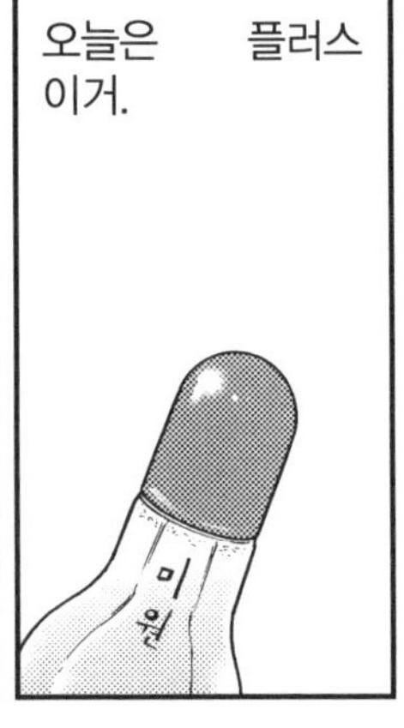

오늘은
이거.
플러스
미원

나는
'소금'파.
팍
팍

모르겠다.
소주로 하자.
오유와리로

달걀프라이에는
어떤 술이
잘 어울릴까?
한 잔
더…

노른자
달걀프라이를
먹는 법은
굉장히
다양하지만

흰자를
노른자
위에
올려서.
착 착
큭 큭

어느 정도
구워졌는지를
확인한다.
오,
딱 좋아.
조금 부드러운
부분이
남아있어
바싹
익은 것도
물론
좋지만…

나는 먼저
노른자를
갈라서
푸욱

너무 예의가
없는 걸까?

이번엔
햄~

달걀프라이는 어디에 가도 달걀프라이.
130엔 이니까
헤헤
근데 집에서도 해 먹을 수 있는 걸 일부러 가게에서 시켜 먹으니 알 수 없는 만족감이 드는 건 왜일까?
소금, 미원, 햄과 함께 먹는 달걀프라이.
따뜻한 보리소주와 달걀의 만남.
푸슈~
그리고 이쪽도 자주 마시지만 지금까지 시도해 보지 않은 조합.

회
된장국
종료 달걀
달걀프라이
달걀말이
고등어구이
고등어찜
꽁치
연어
명란젓
시초[illegible]
콘시리말
참마
전갈
김치
두부
저희 가게의 영업시간은
(밤) 종료 6:00까지
일요일·축일은 쉽니다
봄야채 샐러드
오징어찜
우엉조림
고기감자조림
스키야키
온천달걀
샐러드
ほうれん草の
スッ肉スープ

어라~?
달�걀프라이가 벌써 다 나갔어?

의외로 인기가 많나 보네?
달걀프라이.

내가 마지막이었나 보네?
미안하게도
먹어 보길 잘 했어
늦었구만~

조금 겸연쩍은걸.
내가 시킨 게 마지막….

97야 소시지

비어홀.

흑맥주와 비엔나와 자우어크라우트. 황금 트리오.

얼마나 잘 어울리려나?

소시지.

맥주와는 떼려야 뗄 수 없는 관계.

맛있는 소시지는 대체 얼마나 맛있을까.

본고장 소시지 =흑맥주라니 너무 단순한가?

BEER

독일인이 된 기분으로.
※비엔나는 오스트리아입니다.
잘 먹겠습니다~

맥주의 맛을 느긋하게 음미하고 싶어.
그냥 목을 축이는 게 아니라

깊고 진한 맛.
캐러멜처럼 구수한 향기.

직접 포크에 꽂아 대담하게 물어뜯어 주겠어.
슈우우우우우
비엔나
뜨끈 뜨끈
자 잘랐어
무후후후

덥석

뻐적
앗 뜨거

육즙

비엔나 최고!
우물 우물 우물
마…, 맛있어!

다음은 머스터드를 찍어서 먹어 보자.

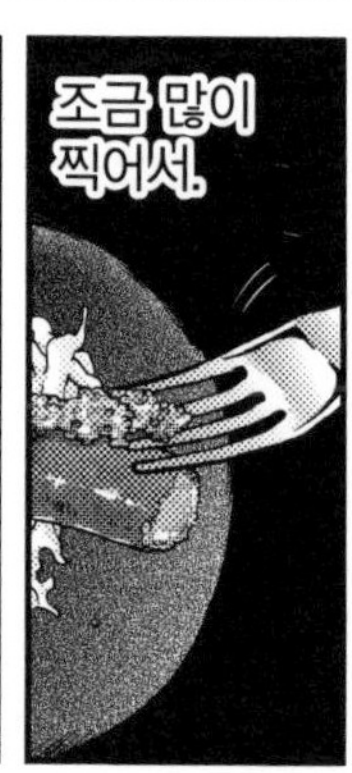

조금 많이 찍어서.

비엔나의 기름과 온기를 돋보이게 하는
시큼하고 매운 향기.

집에다 사 둔 머스터드보다 훨씬 시큼해
항상 반 정도가 남는다

이때에 발효된 양배추를 투입.

소금
초
기름
매운맛
참을 수 없는 맛의 화학 반응.

그리고 맥주를 마시면
그 씁쓸한 맛이 한층 더 맛있게 느껴진다.

오늘도 입이
행복하구나.

푸슈루一

……

핫

수삭

수삭

한번
잘라 본다

예절에
어긋난
행동이었
을까?

……

와카코와 술

와카코와 술

98야 햄버그
DOCO'S
밤 10시를
넘어서도
문을 연
가게라고 하면.
DOCO'S
ドコちゃの
ハンバーグ
スイーツ
スイーツ

가만
패밀리
레스토랑.

시끌
시끌
시끌
얼마?
야
너무 많이
나온 거
아냐?

늦은
시간
인데도
사람이
꽤 많네.

아이들도

카운터에
자주 앉다가
모처럼 넓은
BOX에 앉으니
탁 트인 기분.
생
맥
주

자기는 술까지 마시면서
다들 너무 늦게 자지는 말고.

체인점에서 쓰는 메뉴이기에 가능한 일
흐음 흐음
메뉴에 전부 사진이 붙어 있다니. 생각해 보니 굉장한 거구나.

칼로리도 적혀 있어
굉장해. 햄버그만으로도 이렇게 종류가 많다니….

웰빙 일본식 햄버그

모처럼 패밀리 레스토랑에 왔으니
아니지

이런 걸…
11:59
햄버그&새우튀김 660kcal

칼로리를 숨긴다
삭
우와. 이런 걸 두 가지나 동시에 먹어?! 절대 안 돼.

새우튀김이라…, 분명 냉동일 텐데….
햄버그도 본사에서 보내준…

……

네
링
동

동경하던 어린이 메뉴 같은 데다
모두 멋진 술안주니까.
결국 시키고 말았다

뭐부터 먹지?

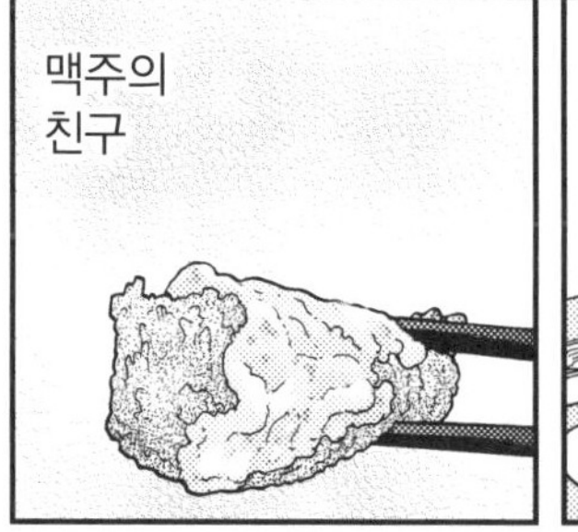

맥주의 친구

튀김부터 식기 전에 먹자.

생각보다 바삭하네.
……!
바삭바삭

가격을 생각하면 충분하고도 남아
응, 맛있어.

햄버그.
젓가락으로
먹어도
좋지만

역시 포크와
나이프로
먹어야 제맛.

여기보다 더
비싼 가게에서는
젓가락으로 먹어도
아무렇지 않은데,
참 신기하네!
서억
서억

우우,
육~즙~.

남녀노소 누구나
먹을 수 있는
달달한 양념도
좋아.
마음을
안심시키는
주문.

왜 굳이 몸에
안 좋은 걸 먹으며
자기 몸을
괴롭히는 거야?!

오늘
하루만
이렇게
먹는 건데
뭐 어때.
야채를
곁들이는
마지막 양심

응?!
디캔터가
350엔?!
엣
하우스 와인
글라스 ¥100
디캔터 ¥350

다음은
와인을
마셔 볼까?
Grand Menu

디캔터가
가벼워
와

음.

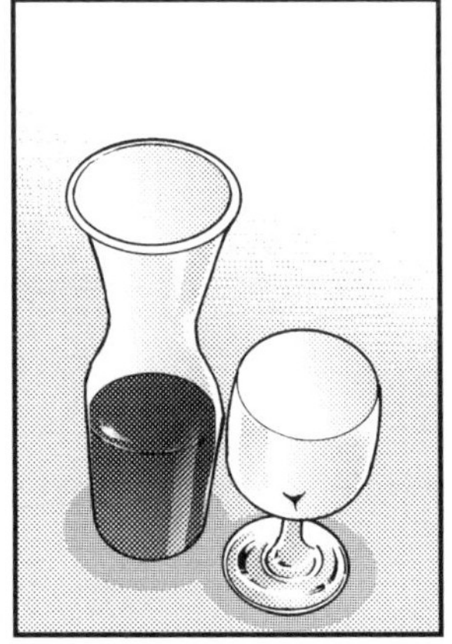

가격이
이상한데?
딩
동
네

이렇게
싸고 맛있는
음식을
쉽게 즐길 수
있다니.

굉장히
맛있네.
요즘엔
싼 음식도
패밀리 레스토랑의
술안주
편의점 간식

…

좀 연하긴 한데,
그래도 나쁘지
않아.

정말 괜찮은 걸까.
참 뭐라 할 말이
푸슈스—
나도 한 잔 절약하는 거 아닌가~?
에엣

다들 모이는 이유가 있다니까.
근데 이 와인 가격.

네 딩 동
DOCO'S

중얼 중얼
중얼

내가 평소에 마시는 와인의 가격은…
대체 어떻게 이 가격이….
수수께끼야….
중얼 중얼

수전 요리와
하이볼로 건배
두꺼운
고기를 보면
괜히
가슴이 뛴다.
99야 두꺼운 베이컨

뒷면이 아직
안 익은
상태일 때

철판 앞에서
마시는 맥주.
맛있을 수밖에.

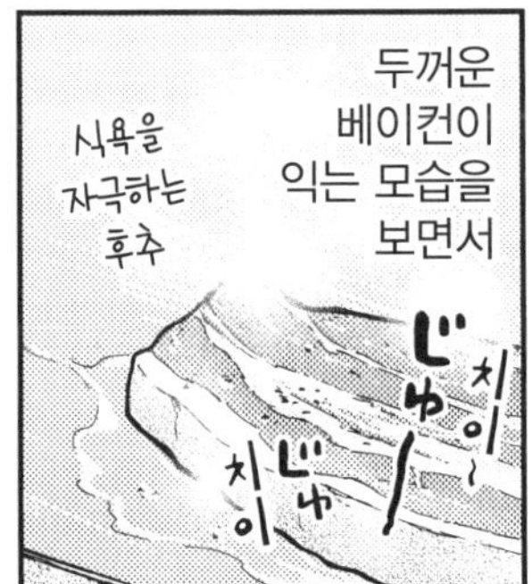
두꺼운
베이컨이
익는 모습을
보면서
식욕을
자극하는
후추
치이
지이
지이
치
이

기분도
더 상승
↑↑
슈웅~
치
이
익
뒤집어서
잘 익은
쪽을 보면

휙

누군가가 말했다.
철판 위에서 고기가 구워지는 사이에
치 이
눈을 감고 기다리면
치 이
스 윽
슈와아
치이이
탁 치이
웅성 웅성
차각 차각
시끌 시끌
소리로 그 맛을 느낄 수 있다고!
베이컨 나왔습니다~.
번쩍
치 이
헤 헤
ㅅㅅㅅ
썩둑
썩둑

기름
on
기름

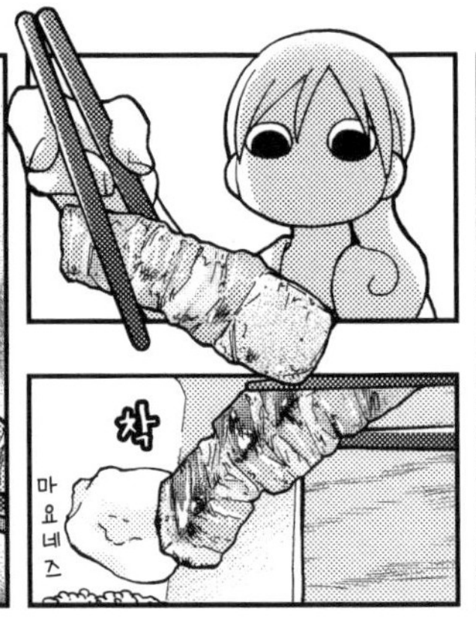

착
마요네즈

뭐부터 찍어 먹을까~?
마요네즈
홀그레인 머스터드

육즙과 기름.
안은 부드러운
슬금
슬금

겉은 바싹 익어 파삭파삭.
파삭

어차피 기름을 먹는 거니
마음껏 찍어 먹어야지!

나에겐 맥주 한 입이 꼭 필요해!
이렇게 두꺼운 베이컨을 먹었으니
푸슈
콱광
콱광
콱광
MAX

들썩...
뭘 먹을까~
맛있겠다~

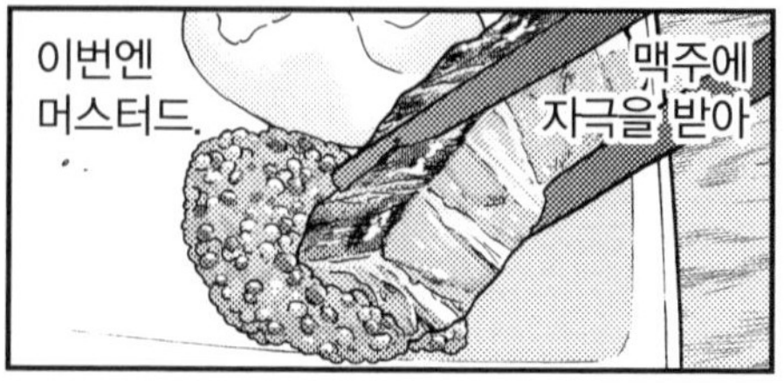
이번엔 머스터드.
맥주에 자극을 받아

이젠 양쪽을 다 찍어 보자.
들썩 들썩
베이컨이 계속 넘어가네

와 와
테헤헤헤헤
두꺼운 베이컨!
진짜 맛있어 보인다!
치이~

테헤헤헤헤
다시 야채로 기분전환 ↓
고기를 앞에 두고 이성을 잃다니 부끄러운걸.

·····

당연하지~.
눈을 감으면 더 좋아

*야마카케(山かけ): 생선회에 마즙을 끼얹은 요리.

100야 참치 야마카케

참치만
먹는 것보다는
덜 고급스러워
보이지만

참치
야마카케.

찬술과
함께 하고픈

기쁨은 더욱
커지는 음식.

간장을
곁들여
서….

이게
약방에
감초지.

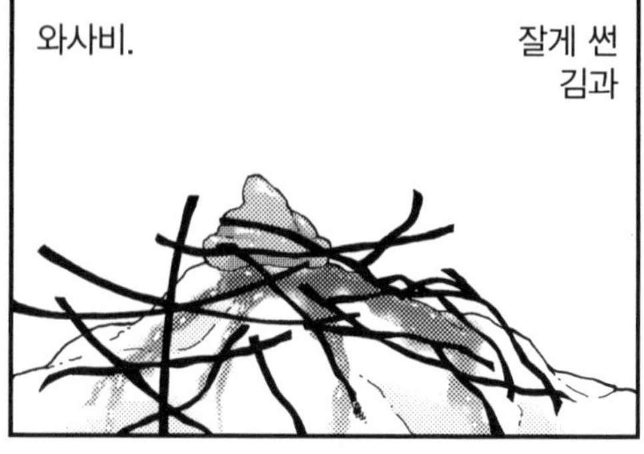
잘게 썬
김과
와사비.

찡...

암

나도 모르게
와사비를
적정량보다
많이 발라
먹어서
끈적

와사비가
가득 올려져
있으면

찡
찡 찡
잉
아니나
다를까
[와사비의 매운맛이 올라오면
무심코 코를 막게 된다]

새삼스럽지만 왜 와사비가 곁들여 나오는지 알겠어~.
와사비를 또 잔뜩

찡하면서도 입이 즐거운 이 맛.
익지 않은 참치의 부드러운 식감과 참마의 끈적함이 어울려
호에ㅡ
수수께끼의 중독성

좀 창피하지만

그만 들고 마시게 된다.
스윌

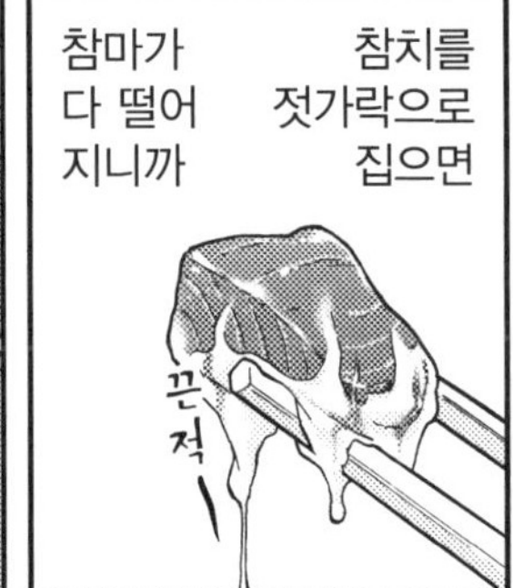

참치를 젓가락으로 집으면
참마가 다 떨어지니까
끈적

생선 냄새가 서로를 돋보이게 해 준다.
사각거리는 참마 맛과

차가운 참치와 마즙.
해산물과 참마의 만남.

참마를 남길 수는 없으니까!

여기에 차가운
술까지 마셔 주면,
그야말로 환상의
콜라보레이션~~.
푸슈모

진심에서
우러나오는
행복.

맛있는 음식은
언제나 우리
곁에 있다.
고급 재료는
아닐지 몰라도

그것은
타협이 아니라
서민의 지혜.

월급날.

평소보다 조금 더
사치스런 기분을
맛보고 싶은

101야 멍게 젓갈

바다의 괴물,
멍게.
그것도 젓갈.

그리고
데운 술.

초밥집의
즐거움
이라고
하면

보기만 해도
혀가 즐겁다.

술꾼의 정신을
혼미하게 하는
이 조합.

주문 전의
이것부터 썸
사이드메뉴. 계란부침
모시조개 술찜
멍게 젓갈
반디오징어
개장어 데침

후

흠
후

스ㅇ
스ㅇ

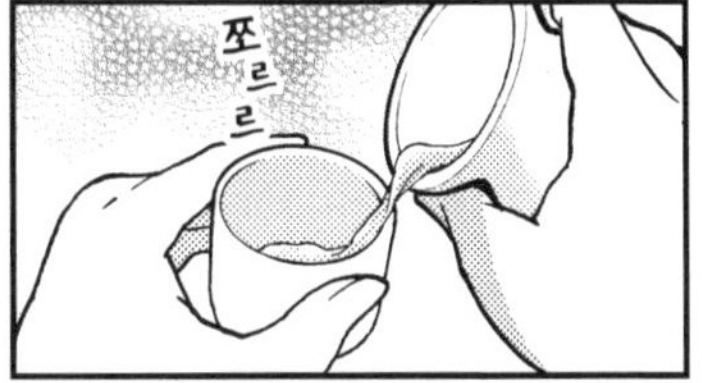

쪼르르

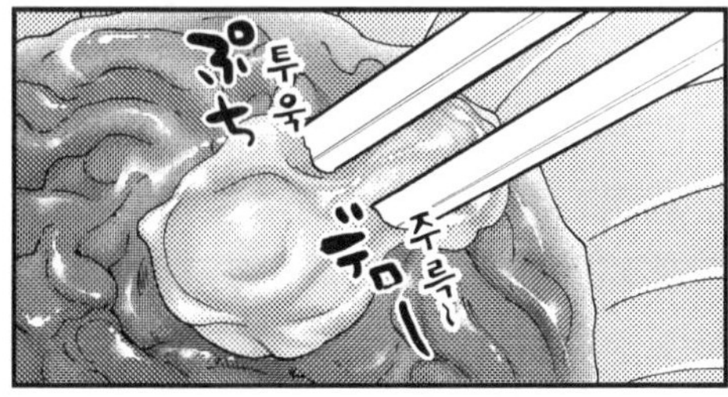

꾸
투욱
쭈룩

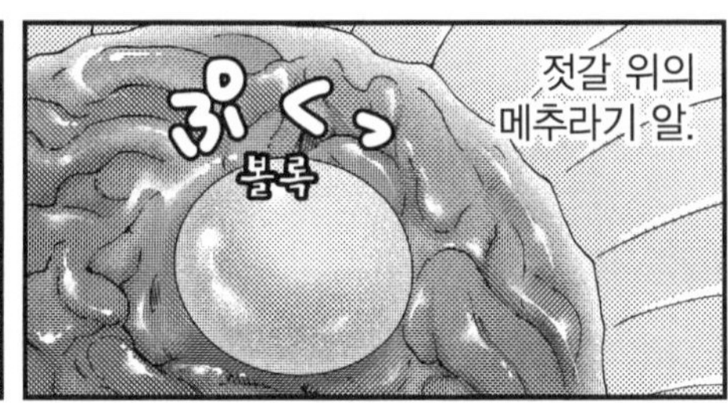

뿌ㄱ
불룩
젓갈 위의 메추라기 알.

부정은 안하겠지만
난 단지 순수하게 멍게가 좋을 뿐이야.

이런 안주류를 시키면 대부분 '술을 마시고 싶어서 그러는 구나'라고 말을 할지 모르지만
휘적
휘적

그럴지만.

그로테스크한 겉모습에
녹진—
미끄덩한 식감.
미끌
뭐라 형용하기 힘든 비린내.
달걀의 감칠맛
데운 술을 머금어 더욱더 맛깔나게.
푸시야—
술꾼이라 다행이야
그 기분 나쁜 생물의
캬샤—
몸속에 있는 내장인데

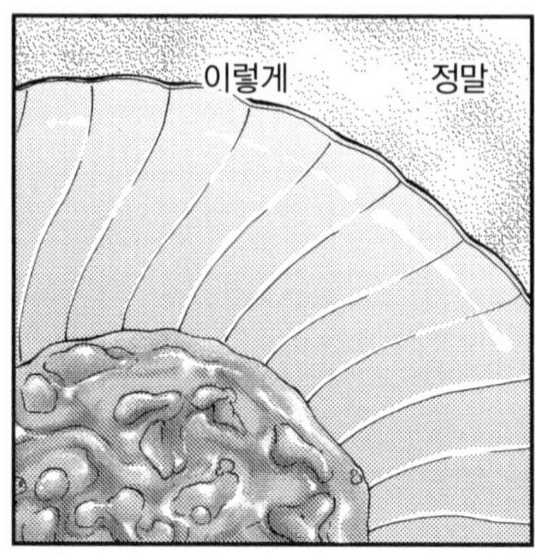

이렇게
정말

용케도
먹을 생각을
다 했네
정말

나중에 초밥을
시켜 먹을
거긴 하지만

맛이
있을
수가!

얼마 전부터
시작된
월급날의 사치.

난 초밥을
먹기 전의
이 순간이
더 즐겁더라.

두 가지를 모두
만끽할 수
있는 것!

가을 미각과
따뜻함.

102야 도빈무시

*도빈무시(土瓶蒸し): 질주전자에 송이버섯, 생선, 닭고기, 채소 등을 넣어서 익힌 요리.

추운 계절이.

잘각
까각
이날을 위해 살짝 절약을 해 뒀지.

후훗훗

우와아.
모락모락
그ㅋ
구ㄹ
슬쩍

송이버섯. 들어가 있어, 들어가 있다고.

맛있는 건 아껴둬야지.

쪼록
일단은 국물 맛을 즐기자.

훈훈
이 향만으로도 아쯔칸을 즐길 수 있을 것 같아.

살인적으로 부드러운 맛.

액체만 마셨는데도 아직 국물과 아쯔칸.

이렇게 만족스러울 줄이야.

다시 피어오르는 국물의 향기.
하아

먼저 작은 그릇에 영귤을 짜두고 국물을 부어 먹으면 맛있어

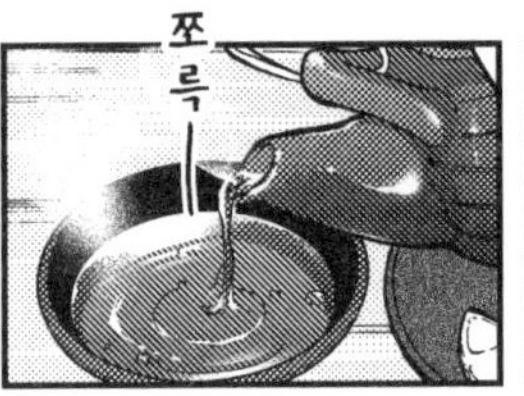

쪼록

나도 해 볼까?
후루룩
꾸
뚝
뚝

과감하게 건더기를.

일단 아쯔칸을 머금고.

안 되지. 여기서 만족해선 안 돼.

슬슬 국물에서 건더키로 옮겨가야지.

고급 버섯.

맛을 내는
이 향과

설겅 설겅
しゃくしゃく

휘돌고 휘도는
맛의 세계.

작은
질주전자
안에서

푸슈후

추운 겨울을
즐기기 위한
워밍업은
됐는가?

자아.

건더기를
다 먹으면
국물로
마무리

우후후후
응

이번 겨울엔
몇 번이나
아쯔칸과 따뜻한
국물 덕분에
만족을 얻게 될까.

103야 방어 가마구이

*가마(かま): 생선의 아가미 아래의 가슴지느러미 부분.

먹고
싶기도
했고.

제철이라면
더더욱
먹어 봐야지.

레몬즙을
짜준 다음

무즙에
간장을
뿌리고

안쪽엔
따끈따끈한
생선살이…!

맨 정신에
먹기엔
아까워.

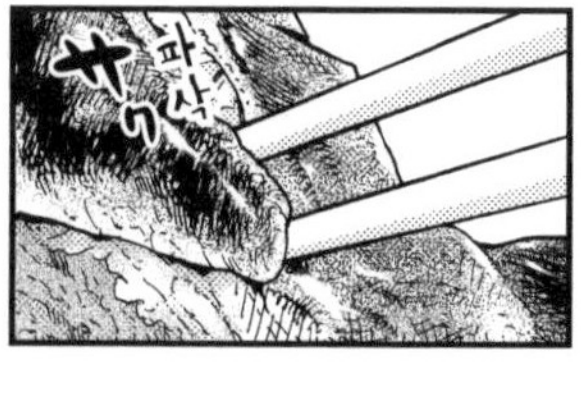

입으로
옮긴다.

겉보기엔
뼈밖에 없어
보이는데

살이 계속,
계속 나오니
더욱
즐거워진다.

사이사이에
술을
마셔 주면
완벽.

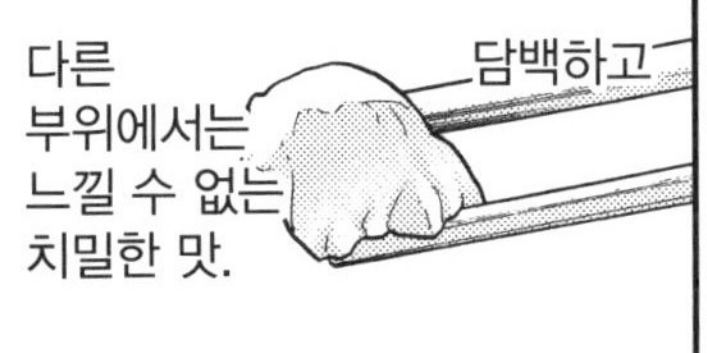
다른
부위에서는
느낄 수 없는
치밀한 맛.

담백하고

그리고
보물을 찾은
기념으로

마치 꺼내고
꺼내도 계속
보물이 나오는
보물 상자
같아!

오늘 밤도
감동적일 만큼
술이 맛있다.

푸슈—

네.
오래
기다리셨
습니다.

꿀꺽
꿀꺽

딱 보니
술 한 잔 더
시키겠구만.

등을
밀어 줘서
고마워요.

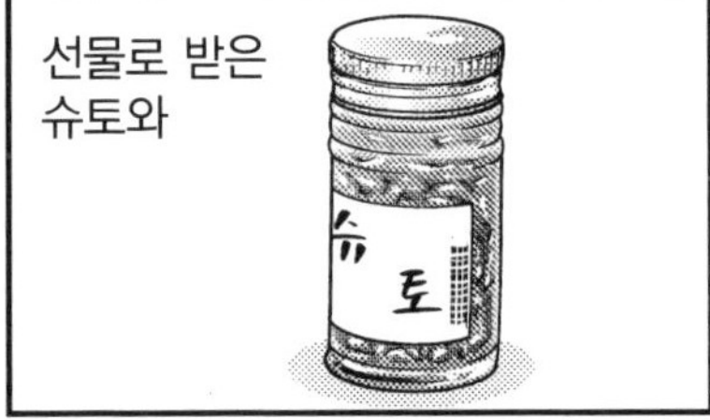

*슈토(酒盗): 가다랑어 내장으로 담근 젓갈.

포테이토 샐러드.

술을 데우는 사이에 술안주를 준비.
아까 말한 슈토와
슈
타악

분명 가게에서 먹었을 때도 이런 느낌이었어
오늘은 샐러드를 슈토에 잘 어울리게 감자의 형태가 남지 않도록 부드럽게 만들어 보았습니다.
· 후추를 사용하지 않는다
· 마요네즈를 섞기 전에 버터로 버무린다.
· 잘게 썬 크림치즈를 넣는다.
· 당근, 오이, 햄 등은 넣지 않거나 아주 조금만 넣는다.

앗 뜨뜨

JAZZ
텔레비전을 보면 나태해지니까 음악을 켜자.
그리고 시작되는 음주 나이트.
이렇게 하면 오늘 밤엔 차분하게 마실 수 있을 거야.
지난번의 반성
①권 참조♡

색소폰 →
빠라
라
빰라
빠라
코타츠
우헤헤
부스
럭
부스
럭

응.

딱 좋은
온도야.

입에
머금은
찰나.

목으로 넘긴
순간만큼은.

술의
세계.
나만의
시간.

포테이토
샐러드.
슈토 on

후
후후
후

헤
헤
헤

짠맛을
강한 향.

맛을 더욱 살려 준다.
크림 같은 샐러드가 감싸며

감자도 잘 넘어가고.
하암

술도 술술 넘어가고.
푸슈~ 또

왜 이 두 가지가 이렇게 잘 어울릴까.
바다에서 나는 음식과 산에서 나는 음식.
띠리리링♩
↑ 비브라폰

생선과 야채와 우유.

뻐끔
뻐끔

투둥
투둥
……

포테이토
샐러드가
좀 적었네.
냉장고에
있는 건
내일 아침에
먹을 거고…
투두둥
투두둥

삶아서 먹으면
되잖아.
정말 →
못 말림
전자오븐
레인지로

아직   감자는
있지만….

위잉
……
부엌은
좁다
부글
부글

그 사이에
아쯔칸을
더 준비해
두자.
위잉

작은
스파클링
와인이
있었어!

위잉
그렇지
파악
이것도
선물
받은 것.

위잉
마시지도 않고
모셔둔 건
다 이때를
위해서였던
건가?

투두둥
투두둥
잠깐 쉬면서
스파클링 와인
상쾌해서 좋아

짜잔
짜잔
짜잔
짜잔
꾸욱
……

띠잉
시간이~
만~나~지~
못하는
만나지 못하는
시간이ー.
취했음.

춥다
추워
된
건가

슈토
on
감자.

껍질이 붙은 감자.
땅에 묻혀 있던 흔적이 남은 와일드한 맛.

슈토도 여전히 향이 진하고
감자도 여전히 달콤하구나.

이것도 이자카야 메뉴에 있었잖아
포테이토 샐러드에 사용했던 크림치즈도 같이 먹으면 좋지 않을까?

아

우후후
푸슈~

무슨
식이면
어때.

우와,
술이 자꾸만
들어가네.
신기해—
이젠 그냥
먹는다!

무슨
식일까
이건
일본식?
양식?

무슨
식이면
어때.
사케에 정말
잘 어울린다,
푸슈—.

냉장고에
두부도
있었지?
…….

슈토 on…

와카코
의 밤은
이제 시
작이다.
푸슈

와카코와 술④ 끝

냄새가 거의 사라져서
굳이 슈토랑 같이
먹지 않아도 될 것 같다는
생각이 들었습니다

후추를 뿌린
포테이토 샐러드와
슈토를 같이 먹으면
정말 맛있지만

비릿한 맛을
싫어하는
사람에게는
딱 좋을지도!!

「와카코와 술」④를 읽어 주셔서 감사합니다—!!
축
☆ TV드라마화
고양이가 늘었다

타케다 씨는 '기와 깨기' CF로 이미 유명해진 여배우 입니다.
하아~
바ㅋㅋㅋ
콰가가가각

TV드라마화가 결정된 후 히로시마의 로케이션지에서 주연인 타케다 리나 씨를 만날 수 있었습니다.
잘 부탁해요
날씬 →

프로 여배우의 엄청난 모습을 제가 원작을 담당한 작품을 통해 직접 보게 되어 감개무량 했습니다.
그런 타케다 씨가 카메라 앞에서는 완전히 '와카코'가 되더군요.

그건
상상으로만
즐기겠습니다.

와카코의
'취권'도 한번
보고
싶었습니다만

생각해
보니
난 타케다 씨의
1만분의 1 정도밖에
운동을 안 하니까
은근히
납득.

RCC TV 리포터인
하치야 시오리 씨♡
촬영 중에도
잔뜩 드시고 있었다
근데 밥을 정말
맛깔나게
잘 먹네.
대체 어디로
들어가는
거지…?
나도 많이 먹는
편이긴 하지만…
↑
로케이션
도시락
'무사시'의
주먹밥

2015년 1월부터 시작되는
TV드라마 「와카코와 술」
BS재팬을 시작으로 RCC주고쿠 방송,
텔레비전 도쿄에서도
방영 예정이니 기대해 주세요!!

음식점의 불빛에 이끌려 길을 가다 문득 정신을 차려 보니 이미 술자리.

목으로 넘어가는 안주와 술. 평소와 같은 맛인데 이상하게 맛있다.

매일 밤, 매일 밤, 감동과 행복에 젖은 목소리가 떠나지 않는다.

와카코와 술 **5**권 근일 발매 예정!

와카코와 술

와카코와 술 4

초판 1쇄 인쇄 2015년 7월 20일
초판 3쇄 발행 2018년 2월 10일

저자 : 신큐 치에
번역 : 문기업

펴낸이 : 이동섭
편집 : 이민규
디자인 : 이은영
영업·마케팅 : 송정환
e-BOOK : 홍인표, 이문영
관리 : 이윤미

㈜에이케이커뮤니케이션즈
등록 1996년 7월 9일(제302-1996-00026호)
주소 : 04002 서울 마포구 동교로 17안길 28, 2층
TEL : 02-702-7963~5 FAX : 02-702-7988
http://www.amusementkorea.co.kr

ISBN 979-11-7024-217-8 17830
ISBN 978-89-6407-830-3 17830(세트)

와카코와 술

소박한 도시락 통 속에 잊고 지내던
가족의 따스함이 담겨 있다.

어느 날 갑자기 시작된
서른 살 오빠와 중학교 1학년
사촌 여동생의 동거생활 ♥
두 사람이 엮어가는 상큼 발랄하고 가슴 뭉클한
도시락 이야기!

옆자리
세키군

수업시간에
몰래 놀기의 진수!!

스펙터클하고 흥미진진한 딴짓의 세계가 펼쳐진다.

©Takuma Morishige 정가 5,000원 1~6권 절찬 판매중.
발행 AK 커뮤니케이션즈 / 문의 (02)702-7963~5

작은 책상 위 무한한 드라마를 즐겨보세요.